"美少年侦探团"系列

欺诈师、
空气男和美少年

〔日〕**西尾维新** 著

〔日〕黄粉 插画

王晓星 译

人民文学出版社
PEOPLE'S LITERATURE PUBLISHING HOUSE

著作权合同登记号 图字 01-2023-3954

图书在版编目(CIP)数据

欺诈师、空气男和美少年 / (日)西尾维新著；王晓星译. —北京：人民文学出版社，2024
("美少年侦探团"系列)
ISBN 978-7-02-018647-1

Ⅰ.①欺… Ⅱ.①西… ②王… Ⅲ.①长篇小说-日本-现代 Ⅳ.①I313.45

中国国家版本馆 CIP 数据核字(2024)第 084445 号

责任编辑 胡司棋 曹敬雅 任 柳
装帧设计 钱 珺

出版发行 人民文学出版社
社 址 北京市朝内大街 166 号
邮 编 100705

印 刷 山东临沂新华印刷物流集团有限责任公司
经 销 全国新华书店等

字 数 102 千字
开 本 787 毫米×1092 毫米 1/32
印 张 6.875
版 次 2024 年 5 月北京第 1 版
印 次 2024 年 5 月第 1 次印刷

书 号 978-7-02-018647-1
定 价 39.00 元

如有印装质量问题，请与本社图书销售中心调换。电话：010－65233595

美少年侦探团团规：

1．必须美丽
2．必须是少年
3．必须是侦探

美少年侦探团

咲口长广

袋井满

足利飙太

瞳島眉美

双頭院学

指轮创作

0. 前言

"天不造人上之人，也不造人下之人。"这是家喻户晓的福泽谕吉[1]先生家喻户晓的名言，但是实际上福泽谕吉先生好像没说这句话。或者说这句话他说是说了，但我们有点儿曲解。

打开《劝学篇》的第一页（是的，如果按这本书来说的话就是你现在看的这一页），确实，第一行写了这句话。但原文其实写的是"应该说，天不造人上之人，也不造人下之人"。其实在这之前，应该先有一个关联的问题：为什么真实的社会，没有成为一个人人平等的社会呢？需要注意的是，这篇文章的论旨是：读书让人与人之间的差异和阶级化扩大了。简而言之，他想说的就是"想成为人上之人，那就读书吧"。想想也是，毕竟这是

1　福泽谕吉（1835—1901），日本近代著名思想家、教育家，著有《西洋事情》《劝学篇》《脱亚论》等。

1

《劝学篇》嘛。

但是，这个（大部分人都不愿面对的）结论的部分被完全无视了，只有听起来让人觉得舒服的开头部分被流传了下来。这大概是哪个心地善良，但是稍微有点毛躁、思虑稍显不足的平等主义者的意外之作吧。所以这篇文章最后不是"劝学"了，而有了点安于现状的意思，这大概也是福泽谕吉先生没有想到的吧。

断章取义他人语言中的一个部分，牵强附会地为自己的论点所用，我曾断定这是信息公开化后才被经常使用的技巧，实际上，这种话术的历史已经很悠久了。但是，如果我把这件事讲出来，那个讽刺专家及不良学生肯定会这么反驳：

"笨蛋，多亏了有这种断章取义的部分被广为流传，'虽然我不是这个意思，但是从结果来看我的发言引起了误会，我对此深表抱歉'这种说明才可以畅通无阻啊。"

"你以为你能看穿人类的本质吗？那你不是也在开头就引用了福泽谕吉的家喻户晓的名言，然后开展讨论吗？别在报纸的社论栏装模作样了。"

看吧看吧。

　　暂时先不说他的讽刺，哪怕没有成为评论家，他的说法也有部分道理。本来，像我一样议论社会的人也不应该厚着脸皮咬住一点不放。

　　所以就让我们快速进入主题吧。

　　只有视力好这一点可取之处的我，将为你们讲述包括刚刚的讽刺专家在内的美少年侦探团的事情。

　　但是，请允许我在这里澄清一件事，我不是为了吓退大家才引用福泽谕吉先生的话的。接下来我要介绍的，恐怕就是先生所描绘的场景之一。

1. 眼前的遗失物

这天早上，十四岁的瞳岛眉美和十三岁时的她一样，为了努力学习，朝着指轮学园走去。如果非要说出她和十三岁时的瞳岛眉美有何不同，那就是，她，也就是我，以前都穿着校服短裙，现在却穿着长裤。

极端一点地说，就是十四岁的瞳岛眉美虽然是女孩子，但是穿着男生的校服——不是因为我对男装有兴趣，你这么想我也没有办法。从结果上来看，这是我的装扮引起的误会，对此我深感抱歉。

但是，如果要让大家知道我之所以这身装扮，是为了进入活跃在学校暗处的美少年侦探团，那我宁愿被误解是喜欢男装。

如果你一定要了解这件事的来龙去脉，就请读这个系列的第一部小说（《美少年侦探团：只为你而闪亮的黑暗星》）。说实话，我曾不安地想，我以这种时尚品位示人，应该会被人用一种更奇怪的眼光看待吧，我本来就没有多少朋友，现在会变得更少吧。但是很意外，事情并不是这样。

与此相反，一直以来都没有讲过话的同学开始和我搭话，当然有一部分是因为他们觉得女扮男装的女孩子有意思，但好像也不完全是这个原因。

这个社会对奇怪的人比较宽容吧。

真是让人意外。

不过也有可能是因为这里是容忍了飞扬跋扈的"那几个家伙"的指轮学园，所以才比较包容吧。

那么我们就说说那几个家伙吧。

怎么说呢？

我一直都很害怕变化，也害怕被当成奇怪的人，一直一个人观察天空。所有的纠结与挫折都只能自己面对。

这么一想是很失落，但是我希望你们能把我的这个行为看作是为了振作起来而鼓起勇气迈出的第一步。

总之，十四岁的瞳岛眉美，虽然看起来在时尚观念上有了些变化，但是内在还是那个散漫而别扭的人，现在这个人正朝学校走去。

突然，走在我前面的一个上班族映入眼帘，当然，我现在戴着特制的眼镜。

这副眼镜不是为了矫正视力，而是为了限制视力。所以，我现在看到的事物不是用"过好的视力"看到的，而是用普通视力所看到的。

但是为什么应该出勤上班的上班族，所谓社会平稳象征的这个人在这里会受到我的关注呢？我也不太清楚。

我不准备说这是我的直觉。另外，虽然我加入了美少年侦探团，但是我也不准备说什么之所以能加入是因为我有很高的侦探特质之类不知深浅的话。

不过，我很在意这个人。

非要说哪里不对劲的话，就是这个人西服的穿法稍微有点不自然。他手里拿着包，头发全部固定在后面，从后面看的话就是一个正常的上班族，但是我总觉得哪里有点不对劲。

但是这种不对劲的感觉，是那种无事发生般地与这个人擦肩而过的话，五分钟之后就会不记得的不对劲。

人生可能就是这种擦肩而过和戛然止步的不断轮回。怎么回事？我更没有准备说这种顿悟的话。

总之。

不知为何，这个有点不对劲的上班族出现在视野里会让我觉得很不舒服，所以我决定超过他。虽然一个十四岁女孩的步幅不大，但是我阔步走的话就可以轻易超过他。

因为我没有穿短裙，所以也说不上不礼貌，甚至看起来还有些英姿飒爽，如果看起来真是这样就好了。

就在我下定决心的时候，上班族缓缓地从口袋里拿出了手机。

应该是要打工作电话吧？

这么一大早就要打电话？

日本的上班族真惨啊。

我还没来得及感慨，就看到上班族从口袋里掏手机的时候有一个东西掉了出来。

好像是他从口袋里拿手机的时候顺着从口袋里掉出来的东西，但他马上就开始打电话了，所以没注意到东西掉了。

再说一句，掉东西的声音不是"吧嗒"。

而是"咚"的一声。

"噗——"

我看到东西掉出来，不禁发出声音。这当然是我用普通视力看到的，但是看到的东西让我怀疑限制我视力的眼镜是不是坏掉了。

没想到。

上班族掉出来的东西是纸币。

他从上衣口袋里掉出了一沓纸币，就像是刚刚从银行取出来的那种绑着纸带的纸币。

而且面额还是一万日元。

福泽谕吉先生的头像在上面。

也就是说，上班族在我眼前掉下了一百万日元。而且他丝毫没有发现这件事，继续打着电话向前走去了。

"等……等一下。"

我慌忙去追他。

这个时候，我也没有忘记像棒球选手一样，熟练地从沥青路上捡起这沓钱。

当然，我并不是我讲的这样善良的人，也不像你们想的，是一个有道德感的女孩。虽然我不打算做把这些钱收入囊中的卑劣之人，但是我知道我也不是那种毫无保留地把捡到的东西交给警察的无私之人。

但是，这沓钱的数量也太大了。

我还没有麻木到可以轻易忽略一个掉了一百万的人。

很意外，上班族的脚步很快，我总算追上他了。

"喂——"

我向他打招呼。

对于一个打电话的人说"喂"有点奇怪，但是他看起来马上就要打完这通电话了。他看起来比我想象的年轻很多。

因为他把头发都梳到了后面，所以从后面看是一副大人模样。但是怎么说呢，他的眼睛看起来多少闪烁着孩子一样的光芒。

怎么看他都不像是把一百万随便装在口袋里的那种人，即使他是大公司的社长，也应该不会随便从口袋里掉出一百万的吧。

不对不对，等一下。

我应该！现在马上还回去！

一般来说，人在巨大金额的金钱面前会不自觉地反射性地动摇，但是在路上丢掉一百万的人是什么样的人呢？

不会是什么坏人吧？

在某种意义上，我的行为可以说像是被金钱冲昏了头脑，但是上班族用一种非常绅士的笑容，非常绅士地问道：

"请问怎么了？"

面对他温柔的笑容，我先安心了下来。

但是金钱带给我的震撼还没有完全消失。

"那……那个……你把这个掉出来了。"

我声音颤抖着，把钱拿了出来。

"哎呀，真是不好意思。"

上班族朝我眨了下眼。

用现在的网络用语说就是朝我卖了下萌，但这个表情有一点成人化，稍微缺少点可爱。

我对他孩子气的第一印象可能是种错觉吧。

"看我这糊里糊涂的，谢谢你，帮我大忙了，少年。"

被说了少年，我突然有点心动。

我没有回复他"我不是少年哦，我是美少年"的胆量，我小声回复道没事，总之先把这笔沉甸甸的钱交到他手上。

不知道为什么，我完成使命之后突然害羞了起来，说了一句再见就准备慌张逃离，但是突然我被留住了——"请等一下。"

"无论如何，请不要做这种不接受我的感谢就潇洒离去的事情，少年。"

"感……感谢？"

虽然这个人说让我不要潇洒地离去，但是不潇洒离去不符合我们的团规。

"一般捡到了东西的话，按照市场价要给拾到者失物价格的十分之一作为谢礼。"

"十……十分之一？"

我像个傻子一样，不断重复着对方的话。上班族用一种熟练的手法——一种熟练地操纵纸币的手法，从一百万的纸币中拿出十张一万日元纸币，然后把它们放在了我校服的上衣口袋里，就像是把计时卡插进去一样自然。

十张，一万的纸币？

也就是说，十万日元？

十万日元，是真实的十万日元，是十万日元？

"这……这我不能接受。不用感谢了。您这样反而让我很困扰，请您把钱收回去吧。"

我滔滔不绝地说着，但是为时已晚。在我把视线从被放了钱的口袋收回来时，上班族已经转过身去，离开了。

喂！喂！

你潇洒离开，真正困扰的是我啊。我一脸狼狈，继续去追他。这可不能开玩笑，不管怎么样我一定要把钱还给他。

"喂，请等一下。"

他快步转弯了，我马上追了上去。但是这时，尴尬的事情发生了——怎么回事？

转过弯应该只有一条路，我应该不会跟丢才对呀。所以他刚刚拐入这条路之后，我稍微有点放心了。但是现在我却没有看到上班族那有点不对劲的背影。

仿佛很潇洒，仿佛有点不对劲，仿佛空气一样。

他消失了。

"嗯……？怎么回事？"

2. 放学后的美术室

我刚刚遇到的事情，仿佛如清早的白日梦一样，有一种不真实感。但这不是梦，证据就在我的口袋里，那里有十万日元的纸币。

我看了很多次，十万日元。

我数了很多次，十万日元。

啊啊啊啊啊！

这怎么办啊？

当然，拿到失物，要给捡到失物的人失物价格的十分之一作为谢礼，这件事情不是习惯而是被写进法律的（依据《失物法》第四条，正确的谢礼金额是失物价格的一半到五分之一）。所以接受这个钱是我的正当权益。

所以就这样满怀感谢地接受这笔钱，也是一个选择；想着欸嘿嘿，真幸运，我也做一个卖萌的表情，去大商场购物，这也是一个选择。

但是我不是这种类型的人。

我既不是去大型商场购物的人，也不是会做卖萌表情的人，同时也不是会觉得自己幸运的人。

这样的幸运，会搅乱我的人生。

基于这样利己的考虑，我不能收下这笔钱。

我必须努力把钱还回去，所以我必须找到突然消失的上班族。

说到找人，自然就想到侦探了。

说实话，我也不想由我发起委托，但是，反正现在也没有其他委托。所以，我放学后，走向了美术室。

美术室。

这里其实已经被改装成高级奢侈的美少年侦探团事务所。

因为我们学校艺术类的课程都停止了，所以那些家伙占用了一间长期不使用的教室，然后把这个教室据为己所用。

"日安。"

不知道为什么，我好像把这个有点儿戏剧腔的问候当成口头禅了。我打开了美术室的门，闪闪发光的吊灯、气派的雕像、出色的绘画、华丽的地毯……在这间过再长时间也难以适应的特殊教室里，有声名远扬的美少年侦探团的三名团员，他们正坐在沙发上品尝红茶。看到这派景象，我不自觉地以为这是在英国。

顺便一说，三名团员分别是以下三位：

美食小满。

美腿飙太。

美声长广。

反过来说，现在团长和天才少年不在这里。正规成员有五个人（包括我的话六个人），这些成员全都不受拘束，全员在这里集合的场景比较少见。

我第一次来这个美术室的时候大家都在，算是比较稀奇的场景。现在一想，不知道那是非常幸运还是罕见的不幸。

"喂，你来得正好，我刚刚沏好茶。"

美食小满，二年级 A 班的袋井满朝我说道。

"你放心吧，为了让你不会吐出来，我特意匹配了你的味觉，沏得难喝了点。"

这个人刚一见面就出言不逊。

但是为了不确定会不会来的我，他调整了红茶的味道，还真是让我意外呢。

说到意外，这个人在学校里是人人害怕的番长[1]，但是在侦探团中他会为大家沏红茶，不仅如此，他还会为大家准备配茶的点心。这才是真正让人意外的呢。

"你现在美少年的外表也有模有样的嘛，瞳岛，作为美少年侦探团的吉祥物，我都不得不有点嫉妒你了。"

美腿飙太，一年级 A 班的足利飙太。他恶作剧般地对坐在他对面的我说道。老实说，不得不嫉妒的人应该是我吧。

他整个人倒挂在沙发上，两只脚挂在沙发背上。这个孩子的校服比不良学生的改造得更大胆，他把校服长裤改成了短裤。

现在他露出的双腿看起来熠熠生辉，就是这双腿，让指轮学园的所有女生都开始穿黑色丝袜。他不仅是美少年侦探团的团员，同时也是田径队的王牌。所以他的这双腿不是徒有外表而已。他有着天使一般可爱的外表，但是他在团里的作用，除了是吉祥物之外，还负责大部

---

1 日语中"番长"有打架王、学生老大的意思。

分体力劳动。

"怎么了，瞳岛，发生什么事了？"

美声长广，三年级 A 班的咲口长广前辈，用令人心荡神驰的声音问道。此人未婚妻的年龄不详，但他有着让我这种性情怪异的人也陶醉的好声音。

不愧是仅凭入学演讲就成为指轮学园学生会会长的男子。而且他还能够冷静地一眼看出我来美术室是有事要讲，绝不是只会演讲的学生会会长。

我也姑且算是美少年侦探团的团员，所以没什么事也完全可以来。但是，发自内心来讲，我确实因为自己是新人而有点胆怯。学生会会长好像完全看穿了我有点试探的心理。虽然他的未婚妻年龄不详，但是我也不得不敬佩他。不愧是美少年侦探团的副团长啊。

"什么？你有给侦探的委托？为什么现在已经是团员的你还要委托我们团做事情？我丑话说在前面，可没有团员折扣哦。"

不良学生，一边嘴上不饶人地对我骂道，一边手法熟练地认真给我倒红茶。

与其说他是在排斥新人，不如说他已经完全接纳了我。他们的团队意识好像很强。虽然他只展示了自己不良学生的一面，但是从根本上来讲，这个男孩子不是坏人。

虽然毫无疑问他是危险的。

但是，他说什么团员折扣啊？本来玩美少年侦探团就应该是不收取报酬的非营利组织啊。

"是因为这个吗，鼓鼓囊囊的口袋？"

美腿同学继续倒挂在沙发上，指着我的上衣——他双手交叉在脑袋后面，所以他是用脚趾指的。

从礼节上来说他的行为不可以原谅，但是如果用这么美丽的腿指人的话，被指的人就会不自觉地认为，没有比这个更合乎礼仪的方式了。

在我的上衣口袋里面确实叠放着有问题的十万日元，这笔钱就这样放着，你可以说我不慎重。但是，即使这笔钱作为权宜之计被短暂地放在了我的钱包里，我也是浑身拒绝的。

不愧是侦探团的成员，目光真是敏锐。

我把这十张令人害怕的纸币从口袋里拿出来，放到了桌上。

不过，在这个被改造得华丽奢侈的美术室中，这笔钱的光辉也稍微有点逊色了。

"啊？""哇哦。""了不得。"

这三个成员，反应各种各样。

他们都是见怪不怪的奇人，所以看到这笔钱没有像我那样慌张，但是可以看出，他们对这笔钱的突然登场，有一些不解。

而且，我要讲的是十倍于这个金额的事情，如果有一件关于一百万的事情的话，在这个豪华的美术室也可以毫不惭愧地讲出来了吧。

我喝了一口不良学生特意为我调制的红茶——这个红茶叫做卫矛六号（希望红茶的名字不要这么浮夸），然后开始讲我今天早上遇到的事。

3. 学生会会长、番长和美腿同学

"这怎么说都算是怪事了吧?"

听完我的叙述,咲口前辈将说出自己的想法。我看他们的表情,番长和美腿同学也是相同的意见。

"是这样啊。"

终于有人可以理解我的烦恼了,就在我稍觉得有点安心的时候,才发现是我理解错了。

不对,也不能完全说是理解错了。就在我为如何处理这笔钱而烦恼的时候,他们三个更感兴趣的是在路上消失的男子。

"人就像空气一样消失了,这应该是团长喜欢的谜题,那我们试着解开也好。"

"不问问团长本人也不好下结论,毕竟团长对美的感觉,我们也并不是全然了解。"

"我,其实偶尔,或者说经常有这种想法。作为美腿飙太,我在对方转弯的时候就很想快点追上去,这好像是一种出于本能的行动。"

不过，不管怎样，只要这些人他们感兴趣就好了，从我的角度来看，如果他们能帮我找到那个上班族也是很好的。

虽然这可能会违反美少年侦探团的团规，但是只要能把这十万日元还回去，也不用太纠结于我的手段美不美。

实际上，他们虽然自称侦探团，但是对于找人这件事情擅不擅长，还未有定论。应该不会像以前一样，动用一架直升机来找人吧？

不知道是不是咲口前辈看出了我一直在担心，他问了一个关键的问题："失主的长相是什么样的？"

我回答得有些不肯定："因为这之后的事情给我的冲击太强了，所以我没自信说我看清了他的样貌。"

听我这么说，咲口前辈沉默了。

"嗯？怎么了，咲口？"

他不只是自己沉默了，还"嘘"的一声制止了美腿对他的提问。

为什么？为什么咲口前辈会拒绝别人的提问呢？我

下意识地看向了不良学生，但是只能看出他一脸的不开心。

"那……那个……咲口前辈？"

"没事，不好意思。没什么事。"

他这么明显的反应，应该并不是没什么事吧，但是因为他用学生会会长演讲一般的声音这么说道，就让人很难追问。

本来从我的角度来讲，我应该问他："难道是你知道的人吗？"

"比起这个，我们先想一想怎么处理这十万日元吧。"

这个声音真的太有说服力了。而且事情终于朝着我希望的方向推进了。这时，我不禁想，他的声音是不是有洗脑效果？

难道他未婚妻的心，也是被这个声音抓住的吗？这样想着，我突然很想逃走。

"如果认真想的话，最合适的方式应该是把钱交给警察吧。不管是找不到失主，还是找到了失主但是他不肯收回，委托给警察保管应该都没有问题。"

"我讨厌警察……"

美腿飙太静静地摇了摇头。

他现在的表情和他大天使一样的脸庞非常不相符，他看起来痛苦而深沉。他和警察之间可能过去有过什么故事吧。他有被绑架过三次的非凡经历，所以现在说出关于他的什么离奇事情，我也不奇怪了。

"是啊，上回的事情也是，自称侦探团的我们，直接找了警察，受警察照顾，确实有损名声。"

不良学生这么说道。

但实际上，他在警察局里面有旧相识，（上一个案件提到。说是旧相识，不如说是因为他的不良行径而不得不相熟的人。）如果他出面的话，也是可以拜托警察帮忙的，但是看起来他并不想这么做。

或者他就是单纯想照顾不喜欢警察的后辈的心情吧。

不知怎么的，说不良学生"受警察照顾"听起来有另一层意思的感觉。

"确实，假如我现在把钱交给警察，告诉他，今天走在我前面的上班族掉在我眼前一百万之类的荒唐滑稽事，他一定不会相信我的，甚至还会因为觉得我在恶作剧而生气。"

"如果只是生气那倒还好了……"

美腿同学晃动着腿直言不讳道。

他以前应该是真的遇到什么事情了吧。

"所以我们只能凭自己的力量找出这个人了。如果他看起来像是一个上班族的话，那我们从明天开始在相同的时间、相同的地点等他就好了。这是上学途中的事情，所以瞳岛，你以前见过这个人吗？"

这应该是我问咲口前辈的问题。

"没有，这是我第一次见他。你说得也对，如果他是上班族的话，那他应该每天都会在那个时间经过那里。"

我们生活的圈子应该是相同的，所以其实每天遇到这个人也不是不可能的事情，但是在我成为指轮学园的学生这一年半中，都没有遇到过他。

当然，也有可能是因为我以前走路一直只抬头看天，所以没注意到他。

"如果这个家伙真的是去上班的话……"

突然，不良学生说道，"怎么想都觉得，他把这么大一笔钱放在口袋里太不谨慎了。"

确实是。

这也是我考虑过的事情。虽然我记不清了，但是他之后的绅士行为也很异常。所以他究竟是什么人呢？

是不是只要把钱还给他就可以了，不要轻易探究他的身份？

我突然想起"君子不立危墙之下"这句名言。就当这件事情没有发生过可能是最好的处理方式。

但是这个结论，我应该在走进美术室之前就作出的，现在和君子们正相反的人正在用破坏性的力量打开我关上的门。

"啊哈哈哈哈哈哈，诸位都在啊，根据团规，今天也是美丽而闪光的一天呐。"

这是非君子的美少年。

美学之学，美少年侦探团的团长，双头院学登场了。

4. 团长和天才少年

团长一边神采奕奕地讲着话，一边充满朝气地打开门。我想，如果这个时候，美术室里面没有人的话，他会怎么做呢？仔细看门口，不只有双头院——美术创作，一年级 A 班的指轮创作正跟在他的身后。

看到他的名字，也许你就懂了，他是经营指轮学园的指轮财团公子（是，就是这个十二岁的少年主要在经营财团），本来他不应该跟在谁的身后，而是应该被簇拥的人。但是双头院任由天才少年走在他后面，完全不在意，一副堂堂正正的样子。

不愧是团长。

但是这个团长其实连初中生都不是。

从他的外号小五郎可以看出（不知道能不能看出），他是小学五年级学生。指轮学园小学部，五年级 A 班，双头院学。

也就是说，他是年龄最小的成员，也是集结了这些难相处的团员们的人。不知道为什么，不只是天才少年，看起来总是不太开心、行为粗鲁的不良学生，还有风度翩翩的学生会会长以及自由奔放的美腿同学，都非常忠诚于他。

这是美少年侦探团最大的谜，也是我很感兴趣的一点。但是到目前为止，我完全没有理出头绪。

美学之学身上到底有什么魔力？说实话，在上一个事件中，他几乎可以说是什么都没做。

如果非要说他做了什么的话，那就是他男扮女装，站在了女扮男装的我旁边这件事吧（当然，这件事也会牵扯出我在上一个故事中做了什么事）。

"喂，瞳岛眉美，今天你的眼睛也很漂亮啊。飙太，今天你的腿也不错。唔嗯唔嗯，小满做点心的手艺又进步了，晚饭也麻烦你了。那么，长广，用你令人骄傲的声音跟我讲一下整个事情的大概吧。以防万一，在这里说一下，令人骄傲是令我骄傲的意思。"

他这样旁若无人地说了一圈话，一下子坐进沙发里。和他形成鲜明对比的，是站在他身后一直沉默的天才少年。

沉默冷淡且难以取悦。

作为天才人类，指轮恐怕是性格最差的那一类人了。我到目前为止也只听他讲过一次话。

为什么他和双头院之间不说话，也可以明白彼此的意思呢？今天看起来也是这两个人一起行动。

他们之间有什么关联呢？

"那个，团长，实际上……"

和刚刚接触团长的我不同，长广前辈已经习惯了团长任性的行为，用令人骄傲的（令团长骄傲的）声音把从我这里听来的事情简短地向团长说明了。

我不禁讶异，因为讲述的人不同，我那种模模糊糊的讲述可以变得这么容易理解啊。通过咲口前辈的讲述，我这个当事人才终于明白了事情的全貌。

虽然明白了事情的全貌，但是不明白的地方还是没有改变，用美声长广的话说就是："但是，也有这样的事情，不是吗？"本来想不通的事情，用这个声音来说的话，好像有点可以想通了的样子，是讲述的人太厉害了吧。

"嗯，听起来很有意思呢。像空气一样消失的男子啊，真是不可思议呢。"

幸好，团长耐住了长广前辈声音的洗脑效果，他拍着膝盖这么说道。他和其他三个人一样，对于一百万和十万这两个金额丝毫没有动心。

指轮更是连话都没有讲。

对于经营一个财团的他来说，十万日元是一笔很小的钱吧。他现在就像看着毫无价值的东西一样，看着桌子上的现金。看不起一日元的人也会为一日元哭，我这么想可能是作为普通人的嫉妒吧（我没有看不起十万日元的意思，但是应该会有为十万日元哭的时候吧）。

"嗯？创作，你怎么了？你看起来有话要说？"

双头院回头说道。

我在正面都没有看出来天才少年的变化，他为什么连看都不用看就察觉到了呢？他应该不是随便说说的吧。

但是被他这么问道，指轮只是稍稍动了一下眉毛，这个动作真是比眨眼还要难以理解啊。

"哦，你是想要这个是吗？"

双头院从桌子上抓起一张一万日元纸币，然后直接递到了背后。接到这张纸币的天才少年，仔细端详着这张长方形的纸片。

怎么回事，这不会是他有生以来第一次看到一万日元纸币，所以要仔细看吧？

团长以外的其他成员看起来也不太理解指轮的行动，咲口前辈、不良学生还有美腿同学也在注意着他的下一步动作。

但是，令人扫兴的是，天才少年这样做之后，好像是厌倦了一样，把这张纸币还给了团长。

什么？什么都没发生？

我本来想吐槽，那你卖什么关子啊（但是作为指轮学园的学生，即使开玩笑也不敢直接吐槽指轮财团的公子吧）。

"原来如此。"

只有双头院一个人看起来像是明白了一样，大幅度地点了点头。

"团长，什么意思？"

好像只有双头院和指轮两个人之间才懂的交流，让咲口前辈不禁好奇地问出来。

团长笑着回答道："没事，没什么特别的。"他看起来很开心，"创作只是说这是一张假币。"

5. 玩心的产物

虽然指轮看起来有一些执拗，但是他——指轮创作是天才少年。这不仅是说他在十二岁时就有可以经营指轮财团这种经济方面的才能，同时也是指他在艺术方面有更厉害的本领。

美术创作。

这是他在美少年侦探团的通用名。不瞒你说，装饰这个美术室的艺术品大多都出自他的手。

就是这样的他感觉到放在桌子上的十万日元有一些不自然，这是源于艺术的直觉吧。

如果是这样的话，我确实不具有这种直觉，不只是我，大部分的人应该都没有。

"这是伪钞啊。"

突然得知这个消息，咲口前辈一时有些难以置信，他随手拿起另外一张纸币。不良学生和美腿同学也纷纷效仿起他来。美腿同学甚至想用脚来拿，但果然还是办不到，于是放弃了。

因为这件事情，他要露出这么后悔的脸色吗？

他是在脚上倾注了多少心血啊，都快要把手忘记了吧？我也害怕地拿起一张一万日元纸币。

不对啊，福泽谕吉的像没问题，也有水印，我觉得这是真钱啊。

但是这是外行人的判断。

我听说日本技术的集大成者、可以说是达到了艺术水准的纸币上面有很多防伪标识。我想，天才少年可能是检查出了其中之一，哪怕是一点点粗制滥造，也骗不过这个年轻艺术家的感知。

"嘻嘻嘻，不是这样的，瞳岛眉美，创作说这个钱币制作太过精良了。"

不知道为什么，团长一脸得意地摇着指头。

真是让人生气的动作。

你什么都没做好吗？

不过，在足球运动中也是，相比射门的选手，传球的选手更会被评价为行家。什么？这个制作过于精良了？

天才少年刚刚说了这句话吗？

我这么想着，看了他一眼，他还是像平常一样面无表情，他的脸分明什么也没说。我现在都不知道他到底认不认可我是他们的成员。

但不论怎样，都不应因疑惑而裹足不前。

"制作过于精良啊……"

咲口前辈好像是觉得自己难以判断，一边这么说，一边把手里的纸币放回了桌子上。

"也就是说，即使是制作纸币也有可能性价比不高。比如说制作一万日元的纸币，实际上要花一万日元以上的价格，对吗？"

"就是这样，你知道得真多啊，表扬你。"

小学五年级的双头院以一种傲慢的态度回答道。

为什么这种态度的人会得到大家尊重啊？

"要制作一万日元，却要花一万日元以上的钱，这有什么意义吗？"

我作为一个团员，遇到不确定的事情的时候，比起团长，更喜欢问副团长。长广前辈可以说是在这个怪人团体中唯一正常的人了，他在团体之外担任着学生会会长的正式职务，所以我不禁所有事情都依赖起他来。

不过，考虑到他未婚妻的事情，可能他才是那个嗜好最奇怪的人。

好问题。咲口前辈用迷人的声音回答道。

"当然啦，要做比真钞更像真钞的钞票，也自有它的意义。"

"比真品更像真的？"

"假钞和假币被识破，一般最主要的问题都是因为制作的预算有上限。如果花比真的更多的钱，大部分的东西应该都可以复制。"

我听了咲口前辈的见解，又一次看向手里的纸钞，这张纸钞我不认为有一万日元以上的价值。

不，假使它有这个价值。

砸了超出预算的制作费到这张一万日元的假币里，哪怕能做出十万日元或者一百万日元面值的假币，成本也远高于它作为一般等价物在流通中的实际价值。

如果这是这件事情的意义的话，那做这件事情也太没有意义了，这样的解释连意义的意义都解释没了。

"怎么说呢，这个好像是因为爱好而做的玩具。"

美腿同学一边毫不在意地说道，一边抖动着手里的纸币？伪钞？

如果这只是玩具的话，它的切割方式也太逼真了。我稍微觉得有点不可思议。有可能只因为兴趣就制作这样的东西吗？

"真无聊啊，伪钞也好，真币也罢，都是放在认真的上班族口袋里的，这一点是不会变的。"

不良学生说道，相比美腿同学，我更同意他的说法。

虽说是这样，但是在口袋里装假钱的人，比真的在口袋里装了一百万的人更加危险。

最好不要和他扯上关系。

某种意义上，我是为了来美术室才故意讲述了早上的事情。但是可能我给这个教室带来了危险。这么一想我感觉自己全身一冷。

确实，比起美腿同学的意见，我更支持不良学生的意见。但是现在不是我可以畅所欲言的场合。

怎么回事？原来只是玩具而已，很抱歉，惹了这么大的动静。我肯定是被骗了，那么这个事情就到此为止吧，袋井，可以再给我一杯红茶吗？这次我要挑战标准的大吉岭。

嘻嘻。

我本来想着要这么说，但是我这个人不是那种尾音上带音符的乐观性格，就在我想说话的时候突然一时语塞。

我是被戏弄了吗？

像我这样的普通人，怎么会有人用这么多钱来戏弄我呢？所以我觉得这是恶作剧。到底是谁设计了这个恶作剧，用真币分明更便宜呢。

比用真币更加认真呢。

我这么想着，觉得我要在这里活跃一下气氛——一个带来棘手问题的新人，只能做到这个程度了。但是不知怎么了，性格底色很灰暗的我一直"太……太……"地语塞着说不出话来。

"太美了！"

双头院——

美学之学高声叫道。

他似乎是接着语塞的我讲话一样。

不对，我并不想讲这句话。

但他接着说道：

"制作费用超过了纸币面额的伪钞，实在是太美了，散发着不可言说的光芒。我对这件事情太感兴趣了。"

6. 美的雷达

这么说起来，对于男子像空气一样消失之谜，双头院刚刚也只说了有趣。所以如果我想要反悔的话，应该在那个时候就说出来。

那个时候空气中就已经弥漫着不安的因素了。我那个时候就应该下定决心，但是，现在已经晚了。

我的警戒雷达过于迟钝了，双头院关于美的雷达已经全部启动了。无视性价比，也就是说，不考虑利害和得失的行为，和双头院的美学太一致了。

到现在这个地步，我已经阻止不了他了。

其实，连我都在想。

像这样完全无视金钱的所谓"玩心"中透露出来的风雅和潇洒，确实是艺术的基本要素。我不否认，"超过真钞价值的伪钞"的制作工程中应该可以感到美。

但是这也和时间场所有关。

虽然现在才说有点晚，但是制作假币是犯罪行为。

可能会触犯伪造货币罪什么的，看起来是很重的罪。

根据刚刚咲口前辈的意见，现在已经不是考虑美腿同学讨厌警察的时候了，情况非常严峻，我们已经到了应该把这十万日元（伪钞）交给警察的时候了。

但是我看了一下面露喜色的双头院，他好像完全没有采取这样行动的打算。他一定是要我们自己解开这个伪钞之谜了。

这样的话，即使我反对也几乎没有意义了。在团长的后面还有像卫兵一样站着的天才少年、学生会会长前辈、不良学生还有美腿同学，虽然在态度上有些差别，但是他们都很拥护团长的决定。

现在想来，这真是糟糕的独裁政权。

如果这件事是用民主的少数服从多数的方式决定的话，我将会面临五对一的巨大失败。在这个团体中强调自己是少数派没什么意义，甚至还有一些反作用。

所以我就只能先假装赞成，潜入政权内部，然后不断提醒他们戒备，使大家远离危险，保证大家不会把自己置于危险的境地，这样可能更具建设性一点。

为什么已经放弃构筑人际关系将近十年的我，现在不得不进行这种政治性的行动呢？但因这次的事情非同小可，如果我不在暗处指挥的话，美少年侦探团可能会有毁灭的大危机。

"你怎么回事，瞳岛，一副苦大仇深的样子？你现在看起来就是那种会轻易听信'我们需要您宝贵的一票'发言的血气方刚的少年，但其实他们需要的不是宝贵的一票，而是很多票田[1]。"

袋井不理解我的心情，但是挖苦很犀利。

不过宝贵的一票也很重要。

你知道我现在背负了多大的责任吗？当然，主要还是因为我自己的过失而背负的。

我当时为什么会想要和美少年侦探团的各位商量这件事呢？

当时我不仅没有丝毫犹豫，甚至称得上是昏了头。

"不过像我这样的人，确实看不出真钞与伪钞的区别，它们在我眼里都是纸而已，但是你那好到离谱的视力也没看出来吗？"

1　选举时，竞选人或政党有望获得大量选票的地区。

"唔……"

被他这么一说，我感觉有点难过。

我如果在上班族（现在看来这个人绝对不是上班族）把钱掉下来、我去捡的时候就发现这是伪钞的话，那也没有现在这么多事情了。

如果我考虑到了这件事情的严重性，那么我应该就不会去捡，而是坚定地无视这件事了吧。我现在满心后悔。

"这么一说也是，你和美观眉美一点都不一样。"

双头院一脸童真地抬起头。

不要随便给别人起名字！

美观眉美是什么啊？

虽然我在心里是这么狠狠吐槽的（不过，我没办法说的是，被团长亲自认为是成员这件事其实让我很开心），但我还是任性地说出了自己的借口："我的眼睛又不是万能的千里眼。"

"而且那个时候我戴着眼镜，也没办法。"

"眼镜？这么说来你是用这副眼镜来遮住你的美，同时也限制你的视力，对吧，瞳岛眉美？"

双头院好像接受了我的眼镜，这么说道。

团长曾经说眼镜挡住了我漂亮的眼睛，所以一直执着地要我把眼镜摘掉，后来他知道了，这副眼镜可以保护我的眼睛免于过度使用，就再也没提过要我摘掉眼镜的事情了。

这是只注重美学，或者说为了美可以牺牲其他一切的美学之学差一点就不存在的人性。其实，这个差一点的底线，可能也是美学的一种。反正我是不理解这种底线的。

但是，实际上不用花很多精力来保护我的眼睛，确实，我的眼睛如果过度使用的话会有问题，但正常使用的话是没关系的。我偶尔也会有忘记戴眼镜的时候，这本质上是因为对于我而言，戴它和戴隐形美瞳片没什么区别。

所以现在没办法反悔了，我双手抓住眼镜，小心地把它取了下来（虽然我还有备用的，但是因为这种眼镜价格很高，所以使用的时候自然也很小心），然后再一次端详起有问题的纸币来。

哎呀。

如果我用我本来的视力，那可以看到本来不存在的星星的视力，如果发挥一下对于我来说不值一提的视力的话，我能看出来这张纸币的真假吗？

唧。

"嗯？"

7. 纸币封筒

唧。

唧唧唧唧。

我的脑中一直有一个什么东西烧煳了一样的声音在响。我看着这张纸币，其实我用了自己正常的视力，我也觉得这是真币——不，不对！

这张纸币假得不得了。

我不像天才少年那样对于艺术有审美的眼光、对于艺术品的鉴定也很在行，但是只论单纯的视力的话，我应该是不输他的。原来如此，确实，这不是所谓日本银行发行的。

这个找错处的答案一目了然，也有很多细微处的不同。天才少年说的（据双头院说他说过）制作精良，这一点我确实也认同。

与其说是一件艺术品，我觉得它更像精密的仪器。要是不计预算，花足够多的心思在这个上的话，伪钞也可以完成到这个精细度啊。

但是我刚刚那一声疑惑不是因为我被这个细致的做工惊呆了——如果是那样的话，我会用一种更疑惑的声音。

别说是审美眼光或者艺术鉴定眼光了，我完全没什么对于美术品的那种感受性。就像美食小满做的菜，在吃习惯之前，我的胃一直不能接受。

我发出的不是感慨，而是疑问，不是因为这件精密的作品，而是因为它的里面，它里面的东西吸引着我的注意力。

纸币的里面。

不对，从纸币背面看，这张纸币的里面也有东西吗？

我不相信自己的眼睛，把自己手中的纸币翻转过来，看到的东西是一样的。

不论是从正面看还是背面看，都可以看到纸币里面有东西。

纸币里面有纸片。以防万一，我又从侧面看了一下，终于确认了。

纸片大概只有零点一毫米的厚度。

"怎么了，瞳岛？你现在看这张纸币的眼神就像守财奴一样哦。你要不要看看我的腿治愈一下？"

突然被美腿同学这么说，那我就恭敬不如从命了——不是，真的看了他的腿被治愈了怎么办？

也不是这样。

"我是说，这张纸币里面好像有什么东西。"

"纸币里面？你这家伙在说什么啊？"

不良学生一脸不解，不过他的反应很认真。当然对于我的发言，我也并不十分有自信。

或者说，这个世界上没有人比我更不相信我的眼睛。

因为这十年间，我都在被我的眼睛摆布。

所以我把剩下的九张纸币也都一一检查了，结果是一样的。

十万日元的纸币，里面全都有东西。

这纸币本身好像就是一个极薄的信封。这是比制作纸币更精密的工作。要用怎样锐利的镊子才能做出这样的东西呢？

"真的假的？那么……"

听到我的话，不良学生看起来很疑惑，他拿起纸币，想要一撕两半。因为透过纸币是看不到里面的，他正准备撕开，他的手被一把抓住。

是天才少年。

他还是沉默着，轻轻摇了摇头。

作为艺术家而创作似乎在对不良学生说："虽然我也不知道该怎么做，但作为一件艺术品，它不应该被粗暴地对待——哪怕这张伪钞是违法的且价值不明。"不良学生不好意思地说道："什么啊，创作，那怎么办才好呢？"然后停止了撕纸币的动作。

"嗯，小满，创作说'就交给俺吧'。"

双头院翻译道。

最终是完全无关的团长随意插话道。说起来，天才少年自称俺啊。

"你说交给你，我便交给你就好。"

不良学生把逃过一劫的纸币交到了天才少年的手上。但从本质上来讲，天才少年要做的事情和不良学生要做的事情没有很大差别。

小满本来打算拉住纸币的左右两端撕碎，美术创作要把纸币从前后两面中间撕开。他不只撕开了纸币，而且？？？

而且极为小心。

就像是把密封条从上撕下一样。

天才少年为我们演示了徒手撕开薄薄的纸币，将其一分为二的过程。他没有用镊子也没有用任何有刃的工具，徒手就为我们展示了这个技艺。他的技术太完美了，不禁让我想到，纸币是不是本来就像防寒用的外套一样，有外套部分和里子两个分离的构造。

值得一看。

值得一看的，是天才少年完整地撕开纸币之后，从纸币中间掉落在绒毯上的纸片。

这张纸片和纸币几乎同样大小，从中间折叠。这样看起来好像它的材质和纸币是一样的。

哎呀。

双头院弯下身体，轻松地捡起这张纸片。

这个除了美学，其他什么东西都不知道的人，似乎也不知道恐惧。

双头院此时更大胆地把叠在一起的纸片展开了。如果从纸币中间掉落的东西中有爆炸装置的话，他也只会哎呀一下，然后和现在一样熟练地打开。

"嚯，诸位，这是一张邀请函啊。"

邀请函？

8. 邀请函

恭喜!

你获得了"合理怀疑"赌场的入场券。

我们每周日深夜营业,请不要邀请其他人,也不要和其他人商量,请穿便装前往以下地址:

私立发饰中学第二体育馆

9. 周日的计划

"很像诈骗。"

我的第一句话就说出了心声。

虽然我也打着从背后巧妙地控制美少年侦探团行动的主意，但是在这件事上，我也很难一直口是心非。

不是，我也不是要反对团长的所有决定。

但是我没法对团长说出恭喜。

"赌场的入场券"是什么？

怎么说呢，全文都很奇怪。

幸好，在这时，不良学生讽刺地补充了我的想法："看起来这个行文没什么奇怪，但是这张邀请函就像是直通地狱的邀请函一样。"

考虑到这张邀请函是夹在伪钞中间的，现在更感觉奇怪了，而且更觉刻意了。奇怪指数不停增长。

这些纸币中间有这样的信息，那么那十万日元（以及一百万日元）应该确凿无疑都是伪钞了。天才少年正在一张一张地撕开这些伪钞。

他的手法太熟练了，让人觉得撕伪钞这件事情才是他的本职工作。虽然初中一年级的他的本职工作并非学习，而是经营财团。

这些纸币中间（几乎没什么间隙）的纸簌簌落下，我们仿佛在看变魔术一样。

我以为他要以这个姿势，把所有的纸币都撕开，但是撕完第六张的时候他停手了。然后他把六张邀请函放在桌子上，回到了双头院的后面。

六张……邀请函上写着"不要邀请任何人，不要和任何人商量"，所以每张邀请函仅限一人进入。也就是说，六张是六个人的。

嗯？六个人？

太偶然了，和美术室里的人数相同。

为什么到这个数字就停止了？

"每周日营业的话，诸位，本周日大家有时间吗？"

"有时间啊。"

"超级有。"

"那天没事。"

怎么回事？

先不说不良学生，美腿同学是田径队的王牌，咲口前辈是学生会会长，他们的时间调整也这么简单吗？

而且，现在想想，他们放学后以这样的形式聚集在这里这件事本身也非常不可思议。这样一想的话，即使他们不和这件事情扯上关系，美少年侦探团，本身也是非常危险的组织。

我让他们卷进这件棘手的事情，可能也不必太感到不安。别说我什么都不做，就算是去保护这个组织，也阻止不了这个团体在不久的将来会覆灭这件事。

所以，我觉得因为我的原因让这个团体解散，一定是因为我没睡醒。

"你还没回答，瞳岛，怎么了？你有什么安排吗？"

"啊，怎么说呢？"

我拿出全是空白的学生手账，假装确认时间安排。我怎么会用这种小伎俩？自从没有了放学后躲在屋顶进行天体观测的习惯之后，我已经没有安排这种了不起的事情了。

我也不知道我在这里虚荣个什么劲，我也不是说不了谎。只要我说周末要去一直去的避暑地（虽然现在要到冬天了），就可以不和他们一起去了。

但是如果这样的话，我就无法达成监视美少年侦探团这个最终目的了，所以我准备在这里坦率地说我那天没有事情。

"唔，是这样的，好像可以调整。虽然我的计划已经排到三年后了，只有本周日晚上空着。"

真差劲。

坦率和真诚不能指挥我的脑子。

而且更甚的是，我撒的谎也很差。哪有什么毕业以后的时间都计划好了的中学生呢？

如果我变成一个只在意虚荣的人怎么办？

"这样啊，那太好了。"

但是双头院笑着接受了我的谎言。这个团长的胸怀深不可测，这可能就是他拥有声望的原因吧。

"好的，那我们就在周日的晚上所有人集合一起去邀请函上的地址，呃，这个字怎么念？"

团长有不会念的字。

毕竟他是小学五年级学生，也可以说是没有办法吧。

字都认不全，但是他却准备应邀前往。

对方还素不相识。

"团长，念成'私立发饰中学第二体育馆'。"

副团长给予了帮助。

"私立发饰中学，我好像在哪里听到过，以前在这个学校是不是发生过什么事？我莫名有这种模糊的感觉。"

双头院一脸思索的样子。

如果现在只看他的脸的话，确实觉得他是接近事情真相的名侦探。但是和以前有没有发生过事情无关。

发饰中学，就在我们这所学校旁边，是一所中学。根本不模糊，这是一所很具体的学校。

那么两所学校的距离有多近呢？如果爬上屋顶，可以看到那所学校的教室（当然，是用我的视力）。

但是我们两所学校并没有因为离得很近而关系好。两校学生历来不和。

他们完全是敌人。

这样想起来，前几天，我和双头院不是在侦探行动中差点和发饰中学的学生们发生冲突吗？团长看起来已经完全忘记这件事情了。

可能他的记忆里只有美的事情吧。

先不说作为领导的记忆力（先不说是不是放任这么大的事情不太好），说实话，我对这个写在邀请函上的校名，没有很不自然的感觉。

刚刚我情绪有些上头，觉得这张邀请函全部都很奇怪。但是有一点，那就是这张邀请函上标注的地址"私立发饰中学第二体育馆"这部分给了我真实感。

或者说是因为我听说过。

没想到这所中学里面，每到晚上会有赌博。这里治安很差，所以也流传着女孩子绝对不要靠近这所学校的令人不安的传言。当然，"每到晚上"是添枝加叶。

就像传言说指轮学园里面有美少年侦探团一样，没什么可信度。但是美少年侦探团确实存在，那么发饰中学中存在这样的赌博场所，就不足为奇了。

但是，如果这样的话，不让女孩子靠近这种追加的传言应该怎么理解呢？

"没关系的，你现在不是女孩子，你现在是美少年。"

不良学生态度恶劣，口气生硬地说道，紧接着补充道："我会和你一块儿去的，所以不会有奇怪的事情。"这个不良学生是不是不假装坏人就讲不出关心别人的话？

"对呀，我们也会一起去的，瞳岛不要担心。"

美腿同学一副无忧无虑的样子说道。

不是，要是这么说的话，比起我来你更应该关心一下自己的安危。毕竟美腿同学是以四年一次的频率被绑架的，如果说在治安不好的地区应该注意什么的话，那首先应该是美腿同学自己的安危。

"即使这是一半以上已经被我们撕开的伪钞，但是我们还是要把这十万还给那个上班族啊。"

学生会会长这么说道。

说起来，这就是我的初衷。

本来我也不是想调查这张精密到过分的伪钞，我本来的愿望是找到一开始遇到的那个人。

学生会会长看起来有些忧郁，在学校里任职，他当然听说过更多关于发饰中学的传说，所以他现在在估计去发饰中学的话，我们会遇到多大的危险。

或者是那么干脆地承诺周日一起去，但是周日的晚上他其实和未婚妻有约会。如果是这样的话，我们也算从变态手里救了一个女孩子。

我有一种虽然我什么都没做，但其实我做了一件好事的感觉。

"考虑到指轮学园和发饰中学的关系，还是不能穿校服去吧。邀请函上写着'请穿便装前往'。"

"便装是什么样的服装？是自己的私服就可以吗？那我只有短裤。"

本来连鞋子也不穿，把制服改成了短裤的男子，说着这种没有常识的话。在这里应该考虑的不是短裤的定义，而是便装的定义。

当然，我觉得便装就是平时穿的衣服，可是真的穿平时的衣服去会场的话，我觉得超级丢脸。

"是一种不正式的正装的意思吧？"

我说道。

"原来如此啊。"

双头院点着头。

这个点头的动作看起来有些不安。

10. 不正式的正装

所以我们就期待着，周日晚上去探访其他中学的体育馆。但是在出门之前有一件事情必须完成，仅限我。

虽然已经说过很多次了，我，指轮中学二年级 B 班的瞳岛眉美，现在过着女扮男装的生活。但是这个女扮男装是我自己随便装扮的，不是很精致。

远远看上去我是男生，但是如果近距离长时间观察的话，就会发现我是一个穿着男式制服、剪了短头发的女孩子。

至少，比起发现我乖戾、古怪、脾气差以及性情阴暗，恐怕更容易被发现的是我是个女孩子的事实吧？

所以一旦作为美少年侦探团的成员进入危险的地方时（当然作为指轮学园的学生，进入发饰中学就是危险的，但是作为美少年侦探团的一员，和他们一起出席活动可以说是十分危险的），我需要稍微，不，是需要飞跃性地提高女扮男装的精致程度。

不是稍微修饰的程度，而是需要没有人能发现我是女孩子。这时就需要美术担当出场了。

美术创作。

虽然有可能，或者很有可能他还没有承认我是他们的成员，但是我不得不拜托这个天才少年，因为我平生第一次女扮男装，就是他帮助我完成的。

不管他喜欢我还是讨厌我，至少我作为他的艺术素材好像是被承认的。周日那天他把先到美术室的我，装扮成了一个活脱脱是男孩子的样子。

真是令人咋舌的化装手法，以及令人惊叹的造型技术，况且这次不是用发胶，而是直接剪了我的头发，虽然我一直想把头发剪短。

天才少年帮我量身定制了适合我体形的便装，可能不是定制的，而是他自己缝制的。确实和我想象的便装是一样的。

这种便装对于指轮财团的公子来说，应该就是居家服一样的程度吧，但是对我这种庶民来说这就是盛装了。

当然，指轮和这之后到达美术室的成员们都穿着难以称为便装的、更像去参加宴会的衣服（可能都是专属设计师的定制款吧），美腿同学的短裤也像是巴黎时装周的成品，看起来并不休闲。

大家的衣服颜色各异，我不用自己的本身视力，都觉得眼睛快要有问题了。如果这是便装的话，那我真是想看看他们正式的着装。

"喂，瞳岛，你也装扮起来了。哈哈哈，多亏了你创作才能这么满意。你们是同伴间美的交流啊。"

一直心情都很好的双头院，今天看上去心情尤其好，指轮是不是真的满足，只有天知道吧。

"那么诸位，我们走。美少年侦探团，出动！就像我们一直贯彻的，今夜也保持美丽，像少年一样，做个侦探！"

好！是！嗯，说得对！不良学生、美腿同学，还有学生会会长前辈接着团长的呼吁喊道。天才少年沉默地走在他们后面。

每次我看到他们这么有活力的团队分工，都觉得我没有什么插嘴的余地，所以不自觉地会有一点自卑。但是，现在托艺术家的福，虽然只有外形，但我也是一名美少年了。

美观眉美。

所以。

"我们，是一个团队。"

我这么自言自语，跟着他们一起出发了。

11. 领地

"在谈到排他性经济水域时，国家之间没有真正的友情。"

这不是什么伟人说的，这是我们学校讽刺专家的话，不过，初中生之间也会有"不要踏入这条线内一步"这种领地意识。总有一种，这是什么海湾地带的感觉。

但是，包括我在内的美少年侦探团一行，这天晚上，就悠然自得地突破了这条线。我们从私立指轮学园的领地潜入了私立发饰中学的领地。

即使我穿着男装，还是觉得心跳加速。

我感觉，我现在在做比夜晚偷偷爬上教学楼的楼顶还要恶劣的事情。而且，现在可是要溜进没有我学籍的学校。

"大……大家偷偷溜进过发饰中学里面吗？"

看到他们一副堂堂正正的样子，我以为以前美少年侦探团的委托事件里有在发饰中学发生的事件呢。

"没啊,完全没有。"

咲口前辈回答。

"虽然并不是完全没有联系,但是这样拜访还是第一次。"

那这五个人就是单纯胆子大,我在担心万一惹人家生气了怎么办,一直战战兢兢。

"没关系的,即使这样,我也是学生会会长,若被发现了,我就说是为了调查附近不安定的活动。"

在公开世界里拥有权力、得到学校方面认可的美少年侦探团的副团长真是万无一失。他这么说的话,美少年侦探团才是不安定的组织。

"哈哈哈,你放心吧,瞳岛眉美,我们不会惹事的,可如果美丽也是一种罪的话,那就另当别论了。"

团长兴致很高的样子,没有理会副团长的关照。我不知道,美丽是不是一种罪,但是团长本来是小学生,却能堂堂正正地进入初中的校舍,并且表现出一副在我的地盘的样子,所以对于他来说,现在进入别人的学校也不是特别值得内疚的事情。

"创作也很开心的样子,太好了。那今晚说不定可以看到创作之舞呢。"

不是，创作看起来和平时没有任何不同。

创作之舞是什么？

天才少年跳舞吗？

还是指收纳他衣服的橱柜[1]？

"虽说我们是潜入，但是校门大开着，而且停车场里一辆车都没有，大概老师们都回家了吧，现在这幅场景，宛如在对我们说欢迎光临一样。"

不知道因为他是侦探团的成员还是因为经历过不好的事情，不良学生留意着四周，说道。

不过我们是应邀而来的。

如果现在关上大门的话就太不像话了。而且如果这样的话，这本书就不成立了。所以，我们现在在其他人的学校里面走着，按邀请函所写地址，我们到达了第二体育场。

女生中间煞有介事的流言中说，发饰中学的内部就像是地狱图一样，但是这里排列着的教学楼以及整齐的

1　日语"衣橱"的发音和英文"舞蹈"的发音同音。

花坛，还有重要的，第二体育馆，都很干净。和传言完全不同。

　　和美少年侦探团有关的流言，是不是真实的呢？我现在也很难判断。

　　"房间挂着窗帘，里面在做什么呢？没办法，我们只有潜进去才能知道了。"

　　美腿同学，在这个即将进入冬天的时节还穿着短裤的美腿同学看起来很期待地说道。

　　喜欢追逐的美腿同学，可能也喜欢追逐赌博的刺激。

　　不过，这样的话，我也不是不能（摘下眼镜）看看这体育馆内像墙壁一样厚的窗帘后面到底是什么，但是在这里做这种扫兴的事也没意义。

　　我一下子转到了正门，和窗帘一样，这扇门也是关着的，我把手放到了体育馆的铁门上，然后——

12. "合理怀疑"

在夜晚的学校里，在这座体育馆中，开办赌场，这听起来是很不现实的事情，即使现实里有这样的事，想象力比视力差得多的我，在打开门的时刻，也完全想象不到。

如果一定要说的话，不知为什么，体育馆我只能想到是用来举办学校文化祭的场所，想到学生们亲手制作的装饰以及温暖得让人心生笑意的东西。

但是我打开门看到的广阔景象，仿佛田园牧歌式的设计蓝图一般——发饰中学的第二体育馆是一间可怕的真正的赌场。

牌桌、自助赌博机、转盘赌博机这些我只在电影里看到过的设施等距离排列着。运筹帷幄的发牌官穿着非常符合发牌官身份的衣服，举止堪称完美，这里连端酒水的兔女郎都有，真是令人折服。

客人的数量也不少。

我粗略看了一下，在这里玩的大概有五十人，庄荷有十人左右。比我预想的更热闹喧嚣。

天花板上的灯光开到了最亮，乐器也用最大声音演奏着。这虽然是夜晚的学校，但是完全没有学校的样子。

进入这里就发现别有洞天。

好像体育馆的门是任意门，另一端连接着拉斯维加斯的酒店。能够证明实际上这里并非拉斯维加斯仅有的几个证据之一，是这里的顾客和服务员（包括兔女郎）都很年轻。

大家都穿着装模作样的衣服。

但是，怎么看也不过十几岁。

恕我直言，他们看起来就是初中生。

如果只看年龄这一点的话，就会觉得，原来是这样啊，这最多也不过是文化祭吧。把体育馆装修成这个样子，到底需要多少资金呢，我难以估算。

这和我前几天打开我们学校美术室的门之后看到的世界有一拼。不过我们先不说资金，只说规模的话，这样一个由体育馆改装成的赌场，已经算是规模大的赌场了吧？

"欢迎您，我们的客人。"

兔女郎对着目瞪口呆的我说道。

虽然我是一个女孩子，但是看到她的装束还是会有些悸动。

更别说今天的我，是男孩子的样子。

面对这个场合美少年会如何行动呢？我看向旁边的五个人。大家被里面已经开始的游戏吸引了，完全没有看兔女郎。

"不好意思，你们带邀请函了吗？"

"啊，带了，在这里。"

面前这个女孩子，因为化妆和戴着兔耳朵的原因，看起来有一些像大人，但是很有可能她比我年纪还要小。我这样想着，把手里的六张邀请函交给了她。

"好的，没有问题，谢谢您。"

她一脸微笑道。

"在台阶的右边有购买筹码的地方，请跟我来。兑现金处在左边。"

兑现金处。

听到这个词我有一点僵硬。

啊，确实。

顾客和服务生都很年轻，甚至有可能还有小孩子，我一直在衡量这里有多大程度上是真实的赌场，又有多大程度像文化祭，我一直觉得这只不过是小孩的游戏。但是我错了。

果然不是小孩的游戏。

能够利用投资把赌场做到这个样子，果然不是小孩子的游戏。在这里发生着真实的资金流动。

不是假钞，是真金白银。

不对，即使是假钞也是花了不少钱做成的。那个邀请函虽说是玩心的产物，但也太奢侈了。

"饮品不需要花钱，请自便，如果你还有其他不明白的事情或者有困难，请直接和我讲，而且……"

兔女郎拿出几个脸罩。

不是那种为了防止感冒而戴的口罩，更准确地说，这不是为了遮嘴巴的口罩，而是遮眼睛的脸罩。那种上流社会的宴会中会出现的脸罩。

用一种比较容易理解的表达来说，这个脸罩就是假面舞会中的假面。

"本赌场不允许摄影摄像，但是如果您对于隐私有更高的要求，我们可以为您提供脸罩，请问需要吗？"

"你这么问的话……"

这么一说，在赌博的客人中也有很多人戴着这个脸罩。我专注于他们的礼服，没有发现他们戴着脸罩这件事，现在看起来这个赌场对于隐私的注重也非常厉害。

"我们怎么办，各位？"

我问向成员们。

"嗯？脸罩？要遮住脸？为什么啊？"

我第一次见到双头院表现得这么不坚定，他仿佛在想，隐藏我的美貌这种愚蠢行径到底有什么意义，我完全不能理解。

"团长都这样说了……"

咲口前辈耸了耸肩。

在校园公开场合拥有职务的他，长了一张与此矛盾的脸。但现在一看，似乎他的脸看起来就是很有领袖气质。

不过本来美少年侦探团就没有办法进行隐秘的活动，即使带上假面，也遮掩不住他们五个华丽的气场。

　　而我呢，就是一个普通的害怕父母生气的人，说实话，我有点想要假面，但是有时候要和团员们步调一致，算了，反正我也是一个放弃了自己梦想的人了。

　　"我们不需要，我们没有特别需要隐藏的事情。"

　　"好的。"

　　兔女郎说道。

　　她好像从心底里为这份工作感到骄傲。

　　"那么希望您在'合理怀疑'尽兴，尽情享受在这里的赌博吧。"

13. 开始游戏

尽情享受！

就算别人这么和我说，我也不是一个可以驾驭夜晚游戏的人，我是那个一直都在观测星星、性情阴暗的女生啊。突然被放到赌场，我不知道什么样的举动在这里才是适宜的。

但是，那几个男孩——

"这样光看着也不会有什么收获。我们的计划是不是就先随便在这里玩一玩，然后从这些家伙嘴里收集情报？"

"是的，我们就随便玩一玩，随便玩一玩。"

"你要好好收集情报，飙太。不要忘了我们最初的目的。"

"哈哈哈，怎么玩才好呢？现在就是展现美学的时候了。让我们好好学习美学，让我们寓美于乐。"

然后他们便分别行动起来。天才少年已经在排换筹码的队伍了。

虽然没有给我们看创作之舞，但是作为一个艺术家，天才少年可能是最关心伪钞出处的人了。

筹码换取的比例从一百日元一枚开始。

虽然一百日元现在连一罐罐装汽水都买不了，但是这只是最低比例。

粗略一算，一美元大约等于一百日元，和拉斯维加斯真正的赌场的最小比例一样了，在这一点上，这已经完全不是中学的体育馆里会举行的活动了。

而且你看一下发牌官的本领就会完全明白这一点。不论是发牌还是把珠子弹入转盘中的手法都毫无可挑剔之处。

虽然我也不知道什么是专业的发牌官，但是实际上他们确实很专业。刚刚的兔女郎也是，这里不仅会把钱投到赌博设备上，而且服务意识也很好。

真是太逼真了。

不管了，那几个没有戴假面的少年每人都先换了一千日元的筹码，所以现在每个人手里都有十枚筹码。

"嗯……"

这应该是美少年侦探团的活动经费吧，但是实际上我看到这样的现金交易的时候，想到就是因为我捡到那个上班族掉下的伪钞，现在这五千日元才会流通起来。

如果这是诈骗的话也太用心了，而且完全无视性价比。现在我们已经少了五千日元。这之后我不知道我们能不能拿回这笔钱，这笔钱可能会像空气一样消失吧。

不知道怎么回事，我有一种上当受骗的感觉，但是我也不知道骗我们的人会不会从中渔利，而且我还不确定有没有这样一个骗我们的人。

为了确定这件事情，我们只能到这里来。在这个意义上，团员们的行动也可以说很合理。所以我也跟在他们后面打算买一千日元的筹码。

"不，瞳岛眉美，你今天以看为主。"

团长告知我。

嗯？以看为主？

他不会是要说什么中学生不可以在这里赌博之类的道德说教吧。那为什么不限制他们自己的行为呢？

"不是不是，我非常想让你享受这里的活动，但是不管什么样的游戏，你的视力都违反规则了，美观眉美。

你可以看清自动游戏机及轮盘的旋转，而且可以透视牌面，你赌钱的话，会有不公平的问题。"

"嗯……"

他说得太对了，我无言反驳。

如果只是游戏倒也罢了，赌钱的话，确实不太行。"我用眼镜限制了自己的视力"这种借口应该只有朋友会信。

我现在想起来这个小五郎，有的时候会说到点上。

所以他到底为什么要带我来？

让我留在学校里就好啦。

不过我是为了见识美少年侦探团的行动，自愿来这里的。在这里抱怨也说不通。虽然我平时马马虎虎的，但是感受到这里的气氛，我也有点干劲了，实际回头看看，其实我并不喜欢这样的游戏。

我是一个连手机上的电子游戏都不玩的人（当然我也没有手机）。当然，那也绝不是说我就喜欢一些不需要技术的游戏。像这个赌场里面大部分的游戏，哦，不，几乎全部游戏，我都不知道规则。

所以，以看为主这种形式，也是我所期望的。

我作为美少年侦探团的保护者（为什么是一个如此有荣誉感的名称），必须贯彻保护他们的行为，所以我把刚从钱包里拿出来的一千日元，又放回去。

没有浪费就解决了问题。

我单纯好奇，这五个美少年在这样的场合会有怎样美丽的行为呢？美学，美声，美腿，美食，美术，他们每一个人都身怀绝技，但是这些绝技适不适合游戏，就不得而知了。虽说现在的所有行动都是为了收集情报，但是他们在这个场合会怎么玩呢？

如果完全不玩，呆呆地站在那里张望的话，也会很显眼，所以我一边在赌场里闲逛，一边看着周围的形势。我不断地从兔女郎手里接过装有橙汁的玻璃杯（玻璃杯是酒杯）。

"哇。"

我不禁发出了声音。

就在我享受度假一样的氛围的时候，团长双头院坐到了21点那一桌，为什么偏偏要选21点啊？

是一个很难的选项。

别的人我不敢说，但是双头院，他真的明白规则吗？

虽然这个人总是有一些妄自尊大的行为，导致我们有时候忘了他也只是一个小学五年级的学生。他现在坐在椅子上，很明显脚是悬浮着的，看起来有一些滑稽。但是，让人意外的是，他的姿态很像大人，或者说，很绅士。

他整个人看起来不是在玩，而是在修习的感觉。

现在一想，21点这个游戏，可能在这个意义上是很适合他的。从我的角度来看，这个游戏只是一个医生（黑杰克[1]）的名字而已。

副团长咲口前辈在旁边的扑克台上玩。

如果是扑克牌的话，我也稍微知道一些。我只认识牌面，细致的规矩并不知道，而且听说在日本固定下来的规则好像并不是国际通用的。

怎么说呢，我们自己知道的规则，好像只适用于本地，这真是让人有点沮丧的话题，但这也是很像咲口前

---

1 21点又名黑杰克（Black Jack），而黑杰克也是手冢治虫漫画《怪医黑杰克》的主角。

辈的一个选择。

上一次，学生会会长凭着口若悬河和故弄玄虚的技巧与犯罪团伙进行交涉。字面意义的扑克脸就是说不管规则如何，一定都要面无表情。见多识广的他，即使使用国际规则，应该也可以很好地应对吧。

我担心的是忘记任务、一心赌博的美腿同学，他现在正站在轮盘那里。

这应该是赌场里面最容易的游戏了。如果只是赌博的话，那我也可以。但是赌法里面又需要一些技巧和经验。可是，美腿同学可能没有比我掌握更多规则，准确地说，他看起来就是在随随便便赌博。

这可能就是他的玩法吧，蛮可爱的。看到年轻的后辈笨拙的样子而露出微笑这种事，原来我也可以做出来啊。但是仔细一看他的行为并不那么可爱。

他并不是赌着玩一玩，美腿同学就是传说中和人对着干的那种人，在其他人选定颜色和数字后，他会选择在对角线的位置放上筹码。

呜哇！

谁要是对我这么做的话，我会很生气。

他根本不是为了赢而赌，就是为了搅乱场面，搅乱赌客的心。这就是美腿同学的玩法。虽然他的脸像大天使一样好看，但是实际上他可能是美少年侦探团中性格最差的人吧。

但是看了双头院和咲口前辈的各种状况，我慢慢发现，在赌场中，绝不是只有庄荷和玩家这样像是父与子一样的关系，"不认识的其他人"好像也是不可或缺的条件。

"我想在其他人面前赢得漂亮"和"我想比别人赢更多"，这些心理也在起作用。在我看来，大家不仅在意输赢，同样也很在意周围人的目光。

玩。

发自内心想在赌博中一掷千金的人应该是不存在的吧。那么美腿同学的玩法，也不是彻底想要一掷千金，而只是基于一般人的想法。

所以态度恶劣的不良学生，应该在这样的盛会也可以玩得很开心吧。我开始搜寻他。他正准备从巴卡拉的桌上下来。巴卡拉，是什么样的赌博？

21 点和扑克我还勉强知道，巴卡拉是什么，我完全不知道，我只知道有一个很时尚的玻璃品牌的名字是这个。

就是赌数字大小吗？

看起来现在正是一个好时机，我准备直接问一下不良学生，我准备和他打个招呼，于是绕了一圈。

他果然看起来一副不好惹的样子。颇有一番番长的风格，他现在嘴唇抿成一字，肩膀由于愤怒而耸着，当然，肩膀以外的地方也都很愤怒。袋井满再次朝换筹码的地方走去。

现在他的样子就像野生的小兽一般。

他开始玩还不到十分钟，看起来已经把一千日元的筹码用完了。相当于一分钟损失一百日元，大概是体会到了漫画中的失败感吧。

虽然他浑身散发着难以接近的气场，但同时，他的背影看上去是彻头彻尾的失败者。看起来他还想把手里的现金换成更多的筹码，赢回刚才输掉的。

他这份不屈的精神，在我看来值得敬佩，但是在赌场上来看的话，就是一个冤大头。

作为朋友，我要去阻止他一下。最重要的是，要告诉他，如果你不知道巴卡拉的规则的话，那你也应该知道及时止损的道理吧。对不起，我太害怕了，所以没办法去劝他。

说实话，他现在的背影太可怕了，我都想和他绝交了。

虽然我们都是美少年侦探团的成员，但是仔细一想，我和他还不是朋友，我应该早点离开这个危险人物。

等他把拿的钱都花光、身无分文的时候我再安慰他，那时我就可以占据人际关系中更有利的位置了。我的想法真是阴暗啊。这时我想找一下成员中的最后一个人，天才少年。那个孩子很容易隐藏自己，一旦跟丢了，就很难再找到。

就在我想干脆摘掉眼镜来找他的时候，我看到了他。他坐在投币机前面。他在玩投币机啊。

和在桌子上玩的项目不同，这个游戏相比起和其他人的竞争，更多的是和机器的比拼。

对手是机器，所以完全就是一个人的游戏。

就像是单机游戏，即使是单机游戏，现在也有一些可以在网上和其他玩家一起玩了。

怎么说呢？

果然他就是喜欢一个人玩的孩子啊。他是大财团事实上的经营者，即使有再多的才识，对于他本人来说也难以施展。

他更喜欢雕塑、绘画，还有把我这个性情阴暗的女孩子打扮成男孩。这么一想，施展才能这件事，真是很难啊。

我的眼睛也是这样。

像他这样明明能大放异彩的人，却偏要加入不明所以的美少年侦探团，可能也是有什么背后的故事吧。原谅我的狂妄自大，这样一想，原本和我没有任何共同点的指轮同学，竟然可能和我是同一类人。

真是狂妄自大啊。

但是，天才少年的天才属性，确实不适合赌博，所以我经过投币机时没有观察到有什么值得说的事情，他就是一会儿赢一会儿输，不赔不赚的感觉。

我以前听说过，本来赌博这种游戏就是追求平衡，基本上很少有大赢或者大输的。赌场理想的经营模式是，所有的客人都稍微输一点，然后回家。

即使输了，因为数量不多，客人也可以开心回家。

这个名叫合理怀疑的赌场在我看到的范围内，一定程度上实现了这件事。当然，这之中也存在输光所有钱如番长那样的人。

不过，怎么说呢？在我观察到的范围内，这个赌场还是比较健全的。我没有感觉到要把聚集在这里的小孩的零用钱都卷走的阴暗操纵感。

在这里玩的客人，在这里工作的服务人员，大家都看起来很开心，也很充实，这种感觉甚至让我觉得有点闪闪发光的温暖平和。

完全就是聚会一样的感觉。

这件事以伪钞开始，我有一种会看到社会阴暗面的战战兢兢的恐惧，但是现在，在某种意义上，我觉得有点失落。

对我来说，进入这样华丽的场地，仿佛误入了异国一般。虽然这里让我觉得无地自容，难以继续待下去，但是看到大家都很开心，我觉得这样也好。

但是这种行为不是违法的吗？

赌博罪。

开设赌场罪。

确实是很大的罪名。

因为这里的一切都太堂堂正正了，导致我都没有注意到，如果现在有执法机关来这里的话，在场的所有人都会被抓走。

不论客人还是庄荷。

兔女郎也会被抓。

虽说这里不允许拍照，还会戴着假面，但是感觉只是做做样子。

在我刚刚观察的时候发现，这里有一些像警察的穿着私服的小孩（虽说是私服，也足够优雅）。他们可能是为了防止客人之间出现摩擦而巡逻的安保人员，而不是有公权力的警察。

唔……虽然我不是对参与到这件复杂的事情里而感到后悔，但是，我这么不警惕真的没问题吗？我一边觉得这是别人的事，一边感到不安。

虽说是别人的事情，但也是我们进行潜入调查的同伴啊。

"这位客人，您有什么担心的事情吗？"

有人问道，我吓了一跳。

14．上班族的背景

    我大概环顾了一圈这个赌场，现在想稍微休息一下，我整个人靠在墙上，本来想缓一口气，但是仔细一看，不知道什么时候我旁边站了一个人。

    他就是那天的上班族。

    他就是前几天的事情的发端，我不可能忘记，梳着背头的男性。

    "啊，啊，啊……"

    我不小心露出了自己的不安。

    突然之间，我没有找到很好的应对方式。

    不对，这就是预定和谐[1]，这是当然会出现的问题，我应该提前做好准备，这是一定要想一下的事情啊。我

1　预定和谐是德国哲学家莱布尼茨所提出的哲学用语。莱布尼茨认为上帝在创造每一单子即灵魂时，已经全部预见到一切单子的发展情况，预先安排好使每个单子都独立变化发展，同时又能使其自然地与其余一切单子的变化发展过程和谐一致。

们也不是为了玩才来的（除了美腿同学）。

我们是为了探究掉落伪钞后把其金额的十分之一给我的人，为什么会做出不计代价地制作藏在伪钞中的邀请函这种行为而来的。

所以，和这个人见面，实际上是必然的。但是我没想到是在我孤身一人时和他见面。

因为我没有心理准备，所以实际上我看起来比我能想到的还要狼狈。

但是这个上班族并没有在意我的狼狈，说道：

"看你不太开心的样子，怎么了，我的客人？"

他用了一种恭敬的口吻。

他的口吻太过恭敬了，让我一时不能冷静下来。

"啊，不是，我并非玩得不开心……"

我慌张地搪塞。

因为不知道对方的身份，我很难确定自己的态度。他称呼我为客人，他可能是赌场的运营人员，他的衣服也和前几天我见到他的时候一样，是西服。

他有一种比盛装出席的客人，更像着盛装的感觉。那天感觉到的不对劲，现在我还是能感觉到，但是我不明白究竟哪里不对劲。

"只……只是……我……不太懂规则，朋友带我来的呢……呀。"

我突然想起自己，现在的装扮，不能用女性口吻，于是赶忙改口男性口吻。

现在的我是美少年。

如果我要是学生会会长那种大人物的话，用"呀"这种语气词也不奇怪吧。

"哦，朋友啊。"

他意味深长地点了点头。

"那么我来尽一些地主之谊，让我们重拾童心，玩一下翻转棋怎么样?"

他指了指大厅角落的桌子。

那里看起来像是休息的地方，我原本没有环顾到，仔细一看，那张桌子上有象棋和围棋，还有上班族说的翻转棋。

喂!

翻转棋的规则，我肯定是知道的。

我又不是笨蛋。

"但是……但是你是……"

如果这时我就乖乖跟他去的话，那我岂不是和前几天被硬塞十万日元（内含邀请函的假钞）时相比没什么成长吗？至少要先确认一下对方的身份，我结结巴巴地提问，他回答道："真是抱歉。我是这个赌场的老板，札规。"

"札……"

"同时，我也是发饰中学的学生会会长。这边请。"

他爽快地这样说道，引着我去了桌子旁，这个上班族是学生会会长？

他不是上班族吗？

我明白了，我感觉到不对劲的地方就是这个，他有一种孩子的感觉，但又不完全是孩子。我跟在他后面疑惑着：他是初中生？

"我为了显得像大人所以化过装了，化装可以让你成为任何人哦。"

他这么一说，我有一种他似乎在暗指我的男装的感觉。不过，这里既然有假扮初中生也毫无违和感的小学五年级学生的话，那么有梳背头穿正装很适合的中学生也就不稀奇了。如果是学生会会长的话，应该是初中三年级？

"不是的，我是二年级学生，我们学校换届更早一点，和指轮学园不同。"

看来他看出我是指轮学园的学生了。不过我们上次见面的时候我穿着校服，他发现也是情有可原的。

札规看起来好像还记得当时的事情。我一想到他是因为记得我，所以才来和我打招呼，就觉得好紧张。我比刚刚更紧张了，他不只是作为这个赌场的老板因为顾客看起来很无聊而上来搭话的。

如果是认为认识我来搭话的话，我就不得不十分小心了。

作为美少年侦探团的成员。

其他成员现在都在玩，为什么我一个新人要独自面对这样的工作呢？我有些不理解，但是说起来这也是我的义务。

没想到这么快就知道了对方的名字、学校和职务，现在只是不明白对方的目的，现在必须得探究他的目的。

他在入座前，向兔女郎要了喝的东西，然后说："黑和白，选一个你喜欢的吧。"

就像侍酒师要我选择葡萄酒一样，我有点难以做这种大人一样的选择，其实哪个都可以。翻转棋的前手和后手有什么区别吗？不知为什么我好像有一种后手更有利的印象。

"如果选择后手的话，有把棋子放在斜线上的选择，先手的话，实际上放在哪里都一样，没什么选择。"

我被进行了理论说明。

唔，原来是这样啊。那么，那我就接受建议。

我选择先手，也就是黑子。

如果不想烦恼的话就这么选。

我就是要这样自然地玩翻转棋，现在不是犹豫的时候。

翻转棋的棋盘是和棋子完全一体的东西。

虽然我不是第一次玩翻转棋，但是第一次在这样的棋盘上玩。

虽然有了棋子之后看起来是便利了一些，但是作为棋手来说，把棋子翻过来这件事也很麻烦。要把白子变成黑子，如果出现了什么都没有的情况，会稍微有一点烦躁。

我还没有跟上新的技术。

"您看起来有什么担心的事啊,这位客人。"

"啊,是的……那个……"

虽然我俩的学校不同,但是我们年级相同,我觉得他不用对我说敬语。他一直一副恭恭敬敬的样子,规规矩矩地和我讲话,那我也只能以相同礼貌的方式对待他。

我只是一个平凡的人,不会对服务业从业人员恶语相向,虽然我不知道他从事的是不是服务业,也不知道这是不是他的工作。

"我在想,这个赌场没关系吗?我稍微有一点不安,这样大手笔的玩乐,老师不会生气吗?"

我说得非常委婉。

我内心的声音是:"你们这样不会被警察抓吗?"虽然我想这样说(当然这种说法也算是委婉了),但是在老板面前,我做不到这么不礼貌。

"你说这件事情啊,放心吧,没有什么值得担心的。"

札规微笑道。我真的变得放心起来了,不对不对,分明这个人什么根据都没有。我不能完全相信他。

微笑不能成为任何证明。

他前几天可是给了我伪钞。

我如果马马虎虎就用了那些钱的话，可不是开个玩笑就能解决的。那我可就是用伪钞的犯人了。

"你说不用担心是为什么呢？"

"这位客人，你是通过怎么样的机缘来到这里的呢？"

他确实记着我，所以这不是一个问题，只是确认。他已经自己回答了这个问题。

因为我找到了伪钞中的邀请函。

"还有其他什么方法可以进来吗？"

"是的，我们用了很多种方式发出邀请函。为了让事情充满乐趣，我们用了各种花招。

"如果你能发现这个邀请函，说明你一定是一个充满玩心的人。这样的话，你是不会告发我们赌场的。所以这里的秘密像保守于坚硬的石头中一样。"

札规自信满满地说道。

他是指在这种情况下，所有人都是共犯。玩心这种说法，在他的表述下有一种难以言表的说服力。

伪钞也是玩心的一种。

那么这个名叫合理怀疑的赌场应该也是玩心的产物吧。

"那么可以赚到钱吗？"

我问他。

这是一个俗气的问题，我也承认这么问很俗气，但是必须问他一下。原来如此，我自己也清楚这是不能问的问题啊。

比如说，一个人故意炫耀地把一百万掉在地上，然后给捡到的人内含邀请函的十万块。之后这个捡到的人注意到这十万块是伪钞，而且又注意到了这里面还有邀请函，那么捡到钱的人就不只是敏锐或者目光犀利了，简直可以说捡到伪钞的人和制作伪钞的人志趣相投了。

不只是共犯，甚至有一些同伴意识了。

他应该写明"除了视力特别好的人"，那他应该就可以找到一起玩的伙伴了。但是花费的钱太多了，明确地说，效率太差了。

先不说经费的事情，如果在网上召集志趣相投之人的话，效率绝对更高一点。

只是做邀请函，这件事就需要花很多时间和精力，再说豪华的赌场，虽然这个赌场的筹码几乎已经和真正的赌场一样了，但终究不是真正的赌场，有豪赌者才能成为真正的赌场吧。

但是在这里玩的小孩子们，我没看出来谁是富豪（当然除了某财团的公子）。

"哎呀哎呀，您在担心我们的事情吗？真是太感谢了。"

被感谢了……

我本来是不想担心的。

"可以赚到钱，而且我经营的事业也不止于此，我经营的事业已经存在很长时间了。"

"什么？"

他经营赌场还有其他事情已经很长时间了？我简直不能相信，我本来以为自己居住的地方是一个很安全的地方，没想到是一个非法地区呀。

"这只是单纯在玩，是游戏哦，也说不上什么投资，雇人也是必要的事情。"

"雇人？这么说的话，雇员全是发饰中学的学生啊。"

"是的，基本上来说，我们学校里面有很多有隐情的学生，为了他们的将来，现在他们需要了解工作的方法。"

这话听起来有些虚情假意。

说得好像工作也是游戏的一环。

这听起来似乎很可靠，但是他们做的事情是不合法的，所以我也并不想表扬他们。

可能是因为我用了透视这种作弊的手段才发现了邀请函，也就是说，我并不是通过常规的方法来到这里的，所以我才会这么想。

等我回过神来，翻转棋的棋盘上已经全部都是棋子了，黑和白差不多，粗略一看还真不知道是哪一方赢了。

因为棋子和棋盘是一体的，所以没办法把棋子集中到一起来数。

啊，果然一味图方便的话就会失去什么。

游戏结束之后，要棋盘恢复原来的模样也需要功夫，可能和个人喜好有关吧，我喜欢标准的棋子可以活动的翻转棋。

如果是很认真的美食小满的话应该会喜欢眼前这种。

姑且算是要一决胜负，那么就明明白白看一下谁赢了比较好。我吭哧吭哧地数了起来。

"总之，聚集在这里，经营这个赌场，制作邀请函，都是游戏的一部分，这样不好吗？"他总结性地说道。

听他说了分散投资和为了将来进行劳动训练的话后，我说话的方式也像是来进行调查的。但这本来就是我的目的，没有办法。

为什么会做这样的事情呢？为了什么目的做这样的事情呢？对于我这样的疑问，他的回答是因为有趣。

因为好玩。

虽然这不算是答案，但是我也觉得好像没有比这更合适的答案了，没什么办法，游戏本来就是人类的本能。确实如此，我无言以对。

我只能表示赞同。

但是，对于这个答案能不能让团长满意，我很难判断。

因为他是美学之学。

先不说利害得失，单说这种一点美的意志都没有，只是出于本能的游戏，团长会多大程度给予认同呢？从我的经验可以明白，很美的谜题，通常不一定有很美的答案。

翻转棋的黑子和白子是三十三颗和三十一颗，我险胜了，但是因为差距过小，所以我很怀疑是不是他故意让着我。

就像他说要尽地主之谊。

这么说的话，想要看看到底是谁赢了的我，显得有些小气了。不过现在说也晚了。

总而言之，我的目的达到了。那么在不良学生破产之前，我去和正玩在兴头上的男孩子们打声招呼，告诉他们撤退吧。

就在我这么想的时候。

一个兔女郎凑近桌子上来，看起来并不是要给我们加喝的东西。

"老板，出问题了。"

15. 出现问题

在我听到她说出问题的时候，其实已经察觉到了，但是和我最初的预想相反，出现的问题并不是恋战的不良学生又回到了赌桌之类的事情。

我想要帮忙，但没有来得及，就看到袋井现在在体育馆的墙边，双手抱着头。

他低着头，一脸明天用什么钱进货啊的表情。

其实我不知道美食小满是不是负责进货，总之他现在是一副把所有钱都输光了的样子。

这样一看，果然赌博有输光身家的风险啊。

所以这本书绝没有向年轻人推荐赌博的意思，我先在这里说清楚（心虚）。

这个看起来那么强势的番长，到底用了什么样的赌博方式，在我没注意到的仅仅二十分钟之内，就变成了如此失落的样子？虽然我很担心，但是现在我只希望他能通过这些钱学到些什么。

虽然这是老生常谈了，但是容易脑子发热的人是不适合赌博的。

先不说这件事。

好像不止袋井输了，我环视了一下美少年侦探团，其他的各位也都把自己手上的筹码全部用完了。

感觉这里不是赌场，而是游戏中心。不停重复着输赢，听赌桌上人们说的话，最终把筹码都使用完之后，他们几个各自离开了赌桌。

除了一个人。

这个人，就是兔女郎对札规说的，发生问题的当事人。美少年侦探团副团长，咲口长广。

美声长广。

"哇！"

我不由自主地发出声音。我看到了他旁边桌子上的筹码已经堆成了山。

而且和筹码兑换处的筹码颜色不同。

那一定不是百日元一枚的小面筹码。

可能是面值二百五十日元或者五百日元的筹码，甚至可能是一千日元面值的。不会是……面值一万的吧？

不会吧？不会吧？

但是看起来他旁边的筹码颜色各种各样，金额应该不少。

"哇！哇！哇！"

我只用正常的视力就能看出来他赢了很多。

任何人的视力都能看出来。

好厉害，不愧是我们选出来的指轮学园的学生会会长。我本来想鼓掌喝彩，但是现在这个情况，似乎不太合适。

我用普通学生的身份，为他喝彩，确实不太合适。我已经想到了他的反应可能会是关西方言的"你什么都没为俺做"之类的台词一样，然后不自觉地生气起来吧？我们来赌场是来进行调查的，虽然玩也算在侦探行为的范围内吧，但是他这么醒目是要怎样？

他站在那里已经很醒目了，头发油亮的长发男子现在在赌场中的挑衅行为吸引了大家的目光。

特别是引起了众多女性的关注。

不止他的一举一动，美声长广每一次说出"赌""弃牌""加注"等词的时候，都可以让女性客人和女性服务人员兴奋起来，所以兔女郎才能如此迅速地注意到，并且向赌场老板来报告。

现在为时已晚，如果咲口前辈现在离开赌桌，赌场会损失一大笔钱。

虽说不至于让赌场破产，但是毫无疑问，今天的营业额是化为泡影了。

他知不知道分寸啊。

他在中学一年级的时候就成为学生会会长，恐怕是一个利欲熏心的人吧，或者有可能是一个非常争强好胜的人。在他的心里没有潇洒地输掉这种概念吧。

先不说像不良学生那样一转眼就输个精光的人，团长、美腿同学还有天才少年，大家都是潇洒地输掉的感觉。

那三个人都在远远地守望着成员的巨大胜利，团长看起来很满意部下的成绩，美腿同学像完全不在意前辈的气场一样，呆立着。天才少年，脸上没有表情，让人很难猜透他在想什么。

我的表情应该和美腿同学差不多都是发呆的表情。

实际上，比起让周围的赌客陷入害怕的美腿同学，现在学生会会长的行为似乎更胜一筹。

我有些担心地看向和我同桌的对手赌场的老板，札规。

老板，不，现在应该说是赌客……

总之要注意一下，他要怎么处理这个问题。作为他玩心的一环，他已经不在乎损失了吗？他会放取得巨大胜利的咲口前辈一马，甚至放我们安全回去吗？

我怀着淡淡的期待，我真是太容易做白日梦了呀，如果是这样的话，兔女郎就不会打断老板和客人的谈话专程来汇报这个问题了。

据说赌场会对赢了小钱然后离开赌桌的客人睁一只眼闭一只眼。但是拥有好听声音的长广前辈，明显越线了。

我看着那座筹码堆成的山，只能想到他还有一个未成年的未婚妻要养的事情。

"学生会会长。"

结果，札规发话了。

他的脸上浮起一丝浅笑。

那是尽在掌握之中的表情，看到他这个表情，我完全无法安心。刚刚，他说了什么？

这个发饰中学的学生会会长……

"那个，您和指轮学园的学生会会长是朋友吗？"

这下露馅了。

他们俩分别是邻近的关系对立的中学的学生会会长，相熟也很正常。只是把平时扎起来的头发放下来这种程度的变化对于他们来说不能算作变装。我想起来，我在美术室里面说起上班族样貌的时候，学生会会长也稍微有点惊讶。

现在想起来，那时他的表情很明显。

后来说到发饰中学的名字的时候，可能他已经非常确信上班族真正的身份了。

这件事幕后黑手的真正身份。

"先不说我算不算他的朋友，我们算是伙伴吧，也可以说是成员。"

我吞吞吐吐地说道，我在考虑应该把我们的关系说到什么程度，在不承认我是他的朋友之后，我还可以撇清多少关系。我是指轮学园的学生这件事已经不言而喻了。

"哦。"

札规似乎是放弃我了，站了起来。

"你好像很在意我会把他怎么样，我的客人。"

"也……也可以说我很在意，其实……是在想你会把这个人轰出去吗？"

这好像又是在天真地设想理想情况（不管用什么方式，只要让他走出这个体育馆就可以了），我不爽快地说道。

"怎么会把他赶出去呢？没有这样的事。"

札规老板恭敬地说道，"我反倒要给他特别服务呢。"

16. 空空如也的舞台

我确实很担心。

在筹码购入处和现金兑换处之间是一个舞台。赌场装饰得再豪华也难掩这里本身就是体育馆的内核，所以那里说是舞台，更像是演讲台。这也是理所当然的，但是像我这样不会取悦他人、没有娱乐精神的人来看，那个舞台一点用都没有，真是太浪费了。

我想，那个舞台上不应该有魔术师或者舞蹈演员的表演吗？甚至可以播放一些影片。但是，舞台的幕布卷起来之后可以看到，这个舞台空空如也。

这个舞台没有使用过。

什么没有可以分给舞台的经费了、魔术师和舞蹈演员很难请到了这种借口在这里好像是说不通的。这个赌场已经完善到接近真正的赌场了，不存在什么预算不够的事情。

所以那个舞台应该是留作他用的，即使思维迟钝如我也淡淡地感觉到了这一点。不出所料。

那是特别项目。

"哈哈哈，不愧是我亲自选的美少年侦探团副团长，他和那个舞台真是相映生辉啊，你不这么想吗，瞳岛眉美？"

和我站在一起的团长双头院自豪地说道。夸奖自己的部下没什么，但是拜托，能不能不要在这种非法场合说什么美少年侦探团，说什么副团长，特别是不要大声高喊"瞳岛眉美"，暴露我的个人隐私。

他旁边站着美腿同学和天才少年，还有看起来意志消沉的不良学生。

四个美少年（如果加上女扮男装的我的话，应该是五个人，不对，不良学生现在看起来已经失去灵魂了，所以事实上还是四个人）集合在这里，形成一道亮丽的风景线。但是很少见的是，现在这个团体没有受到任何重视。

来赌场玩的所有客人一齐把目光投向了舞台，现在这个舞台已经不是空空如也了。

舞台上有两个男人隔桌相对而坐。

如果从年龄上来说，不应该说男人，应该说两位少年。甚至应该说，是两位美少年。

咲口前辈和札规老板。

札规和咲口前辈在适合舞台这点上不相上下，虽然学年上咲口前辈年长一级，但是两个人作为学生会会长，平级。

特别项目。

出场了。

刚刚说出现问题的那个兔女郎来给我们说明规则（我难以区别全都看起来一个样子的兔女郎，怎么看都觉得她是我们刚进来时给我们做引导的兔女郎，可能是因为她喜欢我的美少年外形吧，所以对我特别亲切）。

好像是在赢得一定金额之后，客人可以取得在舞台上和赌场的老板一决胜负的资格。这个对决的场面是赌场的巨大盛会，不对，应该说是赌场最重要的盛会，所以要在舞台上呈现给大家。

当然，这也是赌博。

是老板赢还是被选中的赌博对手赢呢？这个赔率偏差得很厉害。

因为在这个特别项目的赌博中，老板一次也没有输过。所以这个赌博的看点并不在于胜负，而在于老板的连胜纪录是否能持续。

不是。

其实他真正想给大家呈现的，是他强大的连胜运气吧。用一种老生常谈的说法就是这场比拼不是为了观看，而是为了魅力。

如果是这样的话，不得不考虑到刚才翻转棋中我的黑子以微弱优势赢了他，是因为他想让我赢吧。

反过来说如果赌博对手赢了的话，赌场会出现巨大的亏空。因为老板赢得的只是还回来的钱，如果对战对手赢了的话，那就是赢了所有的赌金。

不只是这样。

对战对手必须把一定标准以上的筹码，全部放在桌子上，这是规矩。如果对战对手输了的话，他将损失全部的筹码（这样看起来有一点不良学生的作风）。

虽然亲切的兔女郎没有说这样的话，但是一想也明白。这个特殊项目被看成款待赌客的项目，但实际上是赌场为了挽回损失，或者说获得更多利益的一场秀。赢过头的赌客的那些赢过头的盈利，以及赌资本金，最终全部成为赌场的收益。

不得不说，这是一个太一目了然的系统。

这是一个有点狡猾的系统。

但是考虑到札规，考虑到赌场一方输了的话要付出的代价，也并不能说这个手法卑劣。如果对战对手，也就是咲口前辈在这场赌博中赢了老板的话，他得到的不只是现在筹码的三倍或者十倍。

而是全部。

赌场老板将让出这个赌场的经营权。如果说咲口前辈赌的是不义之财的话，那么赌场一方赌的就是赌场的兴亡。

在这里，我们再回到性价比的话题，如果没有不计得失绝对的自信，那应该也没有这场豪赌。

绝对的自信。

不，应该说是绝对的玩心。

我本来是用一种轻松的想法去掌握全场的情况，但是现在事情有了意想不到的展开。现在只能屏息凝视两位学生会会长的对决了。

其实严格上来讲，咲口前辈可以拒绝出演，上台这件事也不是义务。

在工作人员来邀请他的时候，他可以用他那美丽的声音拒绝掉。但是说到底，目前为止，似乎还没有人能拒绝兔女郎的邀请。

可能有人会说，冒险家是不会放过能够和传闻中拥有绝对能力的老板对决的机会和权力的。但是只有这样一个理由，当然也是不成立的。

在绝大多数人的判断中，肯定是在冷静的环境中使用自己的才能和运气获得的利益，才是应该收入囊中的利益。但是至今为止，没有人拒绝上台赌博这件事，这乍看似乎难以理解，但这就是赌博的魅力或者说是魔力吧。

毕竟是在众多赌客面前，被兔女郎包围、夸奖，被作为胜利者隆重介绍，被像明星一样对待，被邀请上台，整体的气氛，难以让人说出"不，我不赌了"这句话。

我原来是分析时下局势那种人啊。

用一个不恰当的比喻，比如说在班级中采用少数服从多数的决策方式，只有一个人反对的话，其实这个人是很难说出口的。一旦人融入周围的这种不能拒绝的环境，就很容易觉得"反正也是不义之财"，然后随性地答应了。

说是经过深思熟虑。

这就像是被诈骗的时候听到的被精炼过的话术。

"欸？你怎么回事，没什么值得担心的，你放心吧，瞳岛眉美。"

双头院说着把手放在了我肩膀上。

好像是为了劝慰我。

和札规对我说"别担心"的时候不同，这个团长对我说"没什么值得担心的"和"你放心吧"的时候，我更觉得不安的感觉袭来，这种现象真是让人回味。

"长广绝对不是那种因失去自我而上台的男人，他只是自觉地登上了自己的舞台。"

"嗯……"

我感觉很疑惑。

"是的，我们是信任他这一点的，他不是那种被兔女郎包围就失去自我的人。"

美腿同学以一种双腿交叉的姿态站立着，双手也交叉着抱住后脑勺，说出了他的意见。

这也可以说成是信任吗？

这应该是疑惑吧？

但是，他说得也对，咲口前辈是演说名手，是领导人（说得难听点就是煽动分子），很难想象他因为现场气氛狂热，就勉勉强强上台。

那么，一定有什么理由。

那么他的理由，或者说他的目的是什么呢？

难道说，他最初就是为了这个最终对决，才在前面的赌博中赢了那么多吗？他知道空空如也的舞台上有特别项目存在吗？

这里就很难用推理了，应该是直觉一样的东西吧。

虽然这么想，可能觉得他有点脑子清楚过头了。但是如果说在我讲述这个故事的时候，他已经联想到了发饰中学的学生会会长的话，那也是有他早料到一切的可能性的。

想不通。

但是不管怎么说，可以确定的是，美少年侦探团的副团长现在正在进行侦探活动的一个环节，他正站在舞台上。

"啊，对了，瞳岛眉美，这个输赢不会因为你的视力超乎寻常而有所改变，所以你也可以参与。"

双头院好像突然想到一样说道。不是，他现在这么说，我也已经错过了好时机啊。

不能和现在狂热的气氛统一步调。

我还是离这个氛围远一点吧。

"对了，大家赌哪一方赢？"

他们三个又去筹码购买处买了些筹码，我好奇地问。他们三个人指的是除刚才输了个精光的不良学生以外的三个人。

"赌场老板赢，我压十枚。"

"那个背头赢，十枚。"

天才少年沉默着指了指札规。

很意外，大家都是稳健派。

17. 特别项目

"女士们先生们，接下来就是许久没和大家见面的特别项目了，让我们开启游戏！"

兔女郎手握话筒站在台上，一边用异常欢快而激动的语气介绍，一边像兔子一样跳跃。顺便一说，她就是那个对我很亲切的兔女郎（我马上就要记住她的脸了）。

她简单介绍了一下两位玩家——札规和咲口前辈，之后言简意赅地说明了这场比赛的意图。

和对我解释时完全不同，现在她的说明，表演的风格很强，可能是因为她善于解说和引导，所以赌场才任命她为主持人吧。

根据她的说明，好像决战的内容由挑战者，也就是咲口前辈自由决定。当然，虽说是自由决定，但是得是这个赌场里面有的游戏才行。从观众的角度来看，赌场已经作出了巨大让步。

可能是不熟悉赌场游戏的人提出的建议吧。因为根本上来讲，对于赌场老板，任何游戏，没有拿不拿手，也无所谓有利或不有利。

但是，咲口前辈，理所当然地选择了扑克。

因为他就是靠着这个游戏取得巨大胜利，赢得了对老板的挑战权。

可能也有乘胜追击的意味吧。

嗯？我在想什么？

在舞台上隔桌相对的两个人好像在说着什么。因为在他们那里没有设置麦克风，所以他们谈话的内容我们这里听不到。而且暖场的背景音乐声音很大，我们就更听不到了。

如果我现在摘掉眼镜，说不定可以读懂两位玩家的唇语。不，那种读唇语的技能，我真的没有。

虽然我能看到星星，但是我也说不全星座的名字。这是当然，技术如果不习得的话，是不能掌握的。

但是通过我正常的视力所见，那两个人应该也不是初次见面了。他们两个人微笑着对话，但是在旁人看来，完全不觉得两个人关系很好。

"喂，你们知道那个人是谁吗？"

我问团员们。回答我的，是看起来马上就要恢复精神的不良学生。

"我只知道他的职务——发饰中学的学生会会长。虽然传言说和我们的会长不同，据说是一个狠角色，但是没想到他在偷偷做这种生意啊。吃惊程度仅次于听到'鲸是仅次于人第二聪明的动物，所以不能吃掉它们'的说法，仅次于人，所以也没多聪明不是吗？"

现在已经可以说出这样讽刺的话了，他应该已经从失败的泥潭中出来了吧。

作为美食小满，他似乎对于食物的评论很有一套。

"'鲸很可爱，所以不能吃掉它们'更接近真理，虽然它们没有腿，但是尾鳍确实是很可爱的。"

对于腿这件事过分执着的美腿同学说道："顺便一说，我不认识那个人。"

"但是今天我对发饰中学的印象大为改观，难道说那个学生会会长进行了什么改革吗？"

"哈哈哈。"

双头院大声笑道。

看起来他没有什么消息，也没什么推测。

反正一直都是这样，我现在已经不在意了。

不过，对战双方是学生会会长和学生会会长的关系，所以我等一下问我们的学生会会长就明白了。我跟那个学生会会长还没怎么交流，他就站到舞台上去了。先不说了，赌局开始了。

兔女郎从舞台上下来，现在舞台上，只有两位玩家和发牌的工作人员了。

可能是为了满足观众的观赏需求，两位玩家椅子的位置进行了调整。舞台上的两个人各被发到五张牌。从赌场大厅的方向是看不到牌面的，否则，就可以通过观察观众的反应来判断对手手里有什么牌了。

作为赌博，这样的事，不管是对玩家双方还是对观众来说，都会很扫兴。

他们每人发放了三十枚筹码，赌博一直持续到其中一个人的筹码为零为止。每次参加游戏消耗一枚筹码，可以换一次牌，每人可以加注一次。加注金额不得超过对手所有筹码的总额。

虽然我现在听起来一副很懂的样子，其实只不过是对兔女郎的鹦鹉学舌，真实的规则我都当成耳旁风了，所以我几乎没有理解扑克牌的规则。

我完全不知道究竟有什么样的套路，哪个套路会比哪个套路更强。虽然我听说过同花顺最大这件事，但我完全不知道这是哪五张牌的组合。

我本身就没什么朋友，所以以前对扑克牌、21点还有巴克拉这种纸牌都不太熟悉。

我本身就不理解，A（1）比K（13）大的原理是什么。K比Q大也会让我觉得这有点男女不平等。[1]

现在身着男装的我这么说可能有点不合适。

"啊？我不懂啊，十三不是代表厄运吗？可能是王想保护王后，所以自己承担了这个数字吧。"

不良学生找了一个如此牵强的爱护女士的见解。这是他完全复活的征兆，我们本来应该觉得很欣喜。

"啊，如果我还有钱的话，就全押在长广身上。"

看他这个胡说八道的样子，可见他是反省不足。

吸取点教训吧！

"你不要说蠢话了，瞳岛。我现在有一百万也会赌长

---

[1] Q 的花牌代表王后 Queen，K 代表国王 King。

广赢，那样今天输掉的钱就能够全部拿回来。"

不良学生的聪明程度看起来好像仅次于鲸，这时，背景音乐变化了。

负责音乐的人在哪里呢？

究竟有多少人和这个赌场有关系啊？发饰中学全校的学生应该也没这么多人吧？

在这样的背景音乐中，舞台上仿佛没有语言，他们用手指敲击桌子的手势完成了换牌、下注、加注的过程。

虽然我这个外行不知道发生了什么样的事情，但是看到观众沸腾了起来。所以第一回合应该就有很戏剧性的事情发生吧。

"发生了什么？"

"哈哈哈，好像是长广突然用了什么招式，但是我也不明白是什么招式。"

团长的声音伴着不适宜的笑声。

"这么突然的招式吗？"

"可能是因为我不知道扑克的规则，所以看不出来。"

你也不知道啊！

那你笑什么啊。

"不凑巧我没有学习的能力，于我而言，只有美学。"

"所以你玩了 21 点吗？ 21 点有什么美学的规则吗？"

"不是啊，21 点我也不太懂，不管是扑克还是 21 点，我的必胜法则就是记住几张厉害的牌。"

那个，那是……什么意思？

只知道厉害的牌所以很厉害的意思吗？

有这样的战略吗？

就在我惊讶的空当，第一回合的结果好像出来了，在桌子中央的筹码向咲口前辈这边移动了。

观众沸腾了。

我跟不上他们。

双头院已经先于观众振臂高呼了，我已经明白他和我在扑克牌方面一样，没什么知识。

他可能只是单纯为伙伴赢了而开心吧，那么他为什么不把钱押在咲口前辈身上？

然后第二场，也是咲口前辈赢了（好像是）。难道说就这样轻松取得胜利吗？然后学生会会长成为这个赌场的老板？这样的话他的职务也太多了吧？我这样担忧着（我的担心是多余的），第三回合扎规赢了（好像是）。

虽然胜负比是二比一，但是筹码好像又回到了最初的样子。是双方互不相让的拉锯战吗？

实际上，在这之后，事情也大致相同。

收获大的胜利，然后输一点，输得多一点，再收获一个小的胜利，一下子输掉，下一次赢回来。

这可能是老赌徒喜欢的周旋（赌博拉锯），但是作为一个外行的话，我只感觉是一个看不到结果的连续镜头，我现在有点百无聊赖了。

会场的战事已经变得胶着起来，但是我难以融入其中，我想回到休息室喝点东西。

这时，有一件事发生了。

18. 看不见的人 [1]

有事发生。

可以说是怪事了。

准确地说，并不是突然的异变，而是一直持续但我没注意的事。可以说得上是怪事了吧，很偶然，我在这个时间点注意到了这个问题。

只有我，只有我注意到了。

我注意到了，并且看到了。

我的伙伴们，还有我们的学生会会长，正在专注于一场我不知道具体金额、但反正是很大金额的赌博，很抱歉我一直在说自己，但赌博的时间一拉长，人的注意力就会涣散，这也是没办法的事情。具体来说，我之所以有所发现是因为我的眼镜。

我戴着的眼镜不是视力矫正的工具，而是视力保护

1　原文"黑子"，本意指歌舞伎演出中身着黑衣的辅佐员。

的工具。大而言之，我戴着的是一副类似太阳镜的东西，确实这是保护我的盔甲。

所以我应该感谢这个东西的存在，我也不应该觉得戴着它很不开心。但是，如果一直戴眼镜的话，耳朵和鼻子就会感觉很重，所以我有的时候会想摘下来放松一下。所以有那么一瞬间，我把眼镜摘了下来，现在想一想，这是思虑不周全的行动。

虽然刚才团长说了"你完全中立的话也可以参加赌博"之类的话，但是现在我明明白白是哔口前辈这边的人，作为一个观众，我使用了自己超常的视力，这就是问题了。

原本只有札规本人能够看见的手牌，现在我也一定程度上可以通过超常的视力看到了。理论上我现在可以把我看到的东西用暗示的方法告诉前辈。

也可以这样作弊。

所以不管我对他们这场赌博多么厌倦（不好意思），我也不该在赌博正在进行的时候把我的眼镜摘下来。但是……

但是摘下眼镜了，我看到的不是手牌的内侧，当然内侧我也模模糊糊看得见，我看得更清楚的是……我看得更清楚的是一个东西……

说是东西……

其实是一个人。

舞台上应该只有挑战者咲口前辈和赌场老板札规以及发牌的工作人员，但不知道什么时候开始，舞台上出现了第四个人。

从什么时候开始呢？

可能从一开始他就在那里了吧。

因为我很难想象，他正好出现在我摘掉眼镜的这个时间。当然，这个人不是兔女郎。

和引人注目的兔女郎相反，如果要形容的话，这个人更像是幕后操纵者。

虽然同为演出，但是这个人不像会出现在这种赌博秀中的人，而更像是人形净琉璃[1]的演出中经常出现的幕后操纵者，虽然我一次也没有看过人形净琉璃的演出，但是我还是知道这种演出会出现的幕后人员的，这是任

---

1 人形净琉璃：日本的傀儡戏，人形即人偶，净琉璃是一种音乐形式。

何人都知道的。

虽然我看到的这个人的着装颜色也和兔女郎一样是黑色。

他的脸、他的身体还有他的四肢都用布包裹着，要说的话，他的装束仿佛就象征着"不可见"和"不存在"。

但是他确实存在。

而且我看到了他。

我难以掩饰内心的狼狈，试图看向周围。我不只看到了美少年侦探团的成员，也用我的"视力"观察了因为这场赌博拉锯战而兴奋的观众。

但是似乎没有任何人注意到了台上还有第四个人。我知道，因为他们视线的重点完全不在幕后的那个人身上。

难道只有我能看到吗？

只有我能看到的幕后操纵者？

难道他就像幽灵一样？就像空气一样，大家都看不到吗？

我感到很不安，目光又回到了表演上，先不说这个人只有我能看到，更重要的问题是，这个人所站的位置。

他，也有可能是她，从剪影来看是男性，但是也有我这样的例子，所以不能确定性别——这个人就站在咲口前辈身后。

如果他是幽灵的话，那他所在的位置就是背后灵的位置。不过如果是幽灵的话，应该也不用站着。总之在那个位置有一个幕后人，若用一种非常谨慎的、没有一点情感倾向的说法来形容，这个人视线越过咲口前辈的肩膀，在偷偷看他手中的牌。

不只是偷看他的牌。

在看到他的牌之后，还会向桌子对面的札规用手势发送信号。

虽然我没有能力读懂他发送信号的内容，但是不难想象，这应该是咲口前辈手牌的内容。

这个幕后人正在向札规传递对手手牌的内容。然后札规根据获取的情报来决定加注或弃牌。

我只能这么想。

但是事情也没有这么简单。札规也不是全部顺利，如果看一下他们两个胜负率的话，咲口前辈的胜率还更高一些。

虽然札规赢的次数少，但是每次遇到关键局的时候都是札规比较厉害。这样来看的话，咲口前辈的故弄玄虚已经被看穿了。

与其说是被看穿，更准确地说，是被从背后看到了。这样来看的话，赌博拉锯战的表现也只是赌场老板布的局。

是为了让观众有好戏看。

这种冠冕堂皇的理由听起来很好听，但这其实只是一个人的竞赛，如果明白了对手的牌，怎么操作都可以吧？

这比刚才和我对手下翻转棋，以微妙的分数决胜负还要简单。

"那么……"

我手扶额头思考着。

我像侦探一样思考着。

百战百胜的赌场经理？

让赢得盆满钵满的赌客上台，赌上一切的赌博？

赌上整个赌场的豪赌？

但其实是利用看不见的人，偷窥对手的牌。我又戴上了眼镜。

然后，"看不见的人"消失了。

我只能看到舞台的墙壁。

是的，那天早上我也是这么跟丢了掉落了一百万日元的上班族，也就是扒规。

我摘掉眼镜。

"看不见的人"又出现了。

戴上眼镜。

看不见了。

我不知道是什么原理。

这是我的想象吗？这超越我的认知了。

但是，即使这样，有一件事情也是肯定的，我明白了一件事。我缓慢地深呼吸，大声叫了出来：

"这不就是作弊吗？"

19. 败北

就在我即将发出"这不就是作弊吗?"这声呐喊的时候,我旁边有什么东西冲了过来,强制让我闭了嘴。旁边冲过来什么东西让我有些惊恐,但一看是袋井的右手。

搞什么?

美食小满要我吃他的手吗?

绝对称不上好吃,但是,和好吃到一定程度想吐的反应是一样的。

"呜哇,呜哇,呜哇。"

"你别大呼小叫,笨蛋,注意一下周围的情况。"

不良学生小声说道。

"但是,不良学生……"

"不良学生?"

我被瞪了一眼。

完蛋了,我把暗自给他起的外号说了出来,可能是因为舌头突然被打乱了步调,说漏嘴了。

"你这家伙，在自己心里就叫我不良学生这种蔑称吗？"

他反而生气了。这个番长。

虽然我的视力很好，但是没看穿他可能生气的点。

"那……那是作弊啊，真的。不良……袋井同学可能看不到，但是我可以看到，是真的。"

"知道了，知道了，我没怀疑你，谁也没觉得你在说谎。"

他看了看周围，小声说：

"在这个敌人的老窝里，你大肆张扬这件事，也没什么意义。"

确实是这样。

不对，不只是没有意义，甚至有点危险。

我的视力只有我才拥有，所以很难证明看不见的人的存在。只有我能看见的东西，就只是只有我能看见的东西而已。

不管我怎样主张台上有一个谜一样的看不见的人，且这个人就是赌场经理的内线，但是观众都看不见这个人，他们会觉得我只是一个脑子不清楚的可怜的小孩，我最终会因为被投诉然后被赶出这里。

作为十年来一直在追寻只有我能看见的东西的人来说，我明白这种感觉。我明白，我的证言无法成为真正的证据。

肯相信我的。

只有五个美少年。

我虽然大致上同意袋井说的话，但是我有点在意他的用词。

敌人的老窝？

他在敌视他们吗？

想到他刚刚的散财行为，我觉得这是理所应当的，但是我感觉好像不止于此。

"你看你看，萝莉控押上了全部筹码。"

萝莉控押上了全部筹码？

这不是最糟的事情吗？我看向台上。看起来我刚刚的叫喊，只有袋井听到了，美腿同学和团长还有天才少年完全没有听到，他们还在关注着舞台上的输赢。

咲口前辈好像摸到了一手好牌，不知道具体原因，他把手中所有的筹码都押了出去。

"呜呼，美丽的全押。"

美学之主抒发了自己的感想。

危险的美学。

虽然很危险，但是……现在，我摘掉眼镜重新看向舞台。

"嗯？怎么回事？瞳岛眉美，你从刚才开始就一直频繁摘戴眼镜，是有什么问题吗？"

这个侦探团的团长真是太不敏锐了。

我是那么随性的人吗？

算了，现在我看到——

咲口前辈全押的内容（数字是连续的，应该有什么厉害的牌吧），然后我看到了偷窥他的牌面的"看不见的人"。

我还看到了，这个人给札规发了信号，札规收到了信号，我甚至看到了札规窃笑的内心。

札规沉默了一下，然后也全押了。

观众的亢奋情绪到达最高潮，但是，结果已经很明显了。

而且是被安排好的结局。

虽然我不清楚哪些是厉害的牌，但是其实根本不用考虑明牌的双方谁的牌更强。从结论来说的话，那就是，今晚的特别项目，以赌场经理的胜利作为结尾。

他的连胜纪录又更新了。

而且，合理怀疑赌场不仅拿回了赌客赢得的巨额筹码，非要说的话，他们还赢得了押在挑战者身上的所有筹码。

团长、美腿同学以及天才少年押在赌场经理身上的一千日元，变成了一千零一日元。

20. 临时撤退

"谢谢你，期待大家下次光临，美少年侦探团。"

赌场经理毕恭毕敬地送我们出来。然后我们回到了指轮学园的美术室。

我们进入内部的调查行动在某种程度上取得了成果，但是我们的心情，只能用败北或者完全溃退来形容。

总不能把那个很亲切的兔女郎在我们回来的时候，悄悄把她的电话给我这件事算作我们的战果吧。

损失特别惨重的是花光了所有钱的不良学生，但是每个成员也都使用了一千日元（计算收支的话应该是九百九十九日元的花销），而咲口前辈，在舞台上，在满座的观众面前丢了人。

当然，如果考虑到他未婚妻的年龄的话，这个人活着就很丢脸。但是也不能说，这一次丢脸就不要紧。作为他的同伴，我非常生气。

如果只是单纯输掉的话，因为是赌博，所以也没有办法，但是这件事情不是赌博。

是作弊。

如果说这是可以看到这边的牌面，互相作假演出来的作秀性质的东西的话，那可能在差不多我能谅解的范围。但是，经过了这么多角逐，最后竟然把赢到的筹码原封不动地还回去了？

赌场一方收获了巨大利益。

一言以蔽之——太狡猾了。

说什么玩心，现在听起来真是太伪善了。那个装饰得富丽堂皇、只注重享乐的空间，只是浅薄地虚掩，他们的行为真是太卑劣了。

虽然说了很多，但是结果是要赚钱？

真是太令人失望了。

不如说他们是利用玩心这个概念，榨取别人的财富，我气愤地想，当初那一百万里才没有什么少年气概和美学的呢。

但是，我有些疑问。

赌场经理赢了押上所有赌注的咲口前辈，避免了赌场可能会遭受的损失，并且从观众手里也获得了一些收益。但是要维持那样一个设施，这些钱够吗？我稍微觉得有一点奇怪。

场地方面，他们使用了学校的体育馆，所以土地和建筑不需要费用。但是那些赌博机器要用的电费也不少。

而且，那个"看不见的人"到底是谁？

只要有那样一个不会被看到、宛若透明人的工作人员，不管是什么样的赌博，赌场一方都不会输吧。不仅限于台上的赌博，赌场中任意的赌局都可以轻易干涉吧？

我只是在那个时间点摘下了眼镜，如果我一开始就不戴眼镜进入赌场的话，我会发现赌场中到处都活跃着这些看不见人的身影吧？

也就是说，这不是偶然，更不是幸运或不幸运的事情。

真是有意思的赌博。

演出了竭尽全力的样子。

结果是，来过这个赌场一次的被邀请者会比一般的赌客更加沉迷，最终可能会完全沉溺于赌博。

通过这个赌场能做的事情是无限的。

但是，看不见的人在赌场内转来转去，这个事情原本就很像编造的故事。这看起来不像侦探小说，而像是科幻小说。

而且净琉璃舞台上那些"看不见的人"，是所有人都默认的，假定他们是"不被看到""不存在"而成立的，所以在净琉璃表演中即使有客人真的看到他们，也会假装没看到。

但是那个"看不到的人"不是这样。

一点不错，就是谁都没有看到他。只有我看到了他。

我确认过了，不仅是袋井，美腿同学、天才少年和团长，当然还包括集中注意力看牌的当事者咲口前辈都没有看到他。

"哈哈哈，就像《皇帝的新衣》一样。"

双头院一屁股陷入美术室的沙发中，说着自己的见解：

"那个'看不见的人'穿的难道是隐形衣吗？只有瞳岛眉美凭借她的敏锐看到了这个人，然后说出'国王没有穿衣服'这样的话，瞳岛还没有失去少年的单纯啊。"

那么我就满足美少年侦探团的团规之二了（必须是少年）。

但是，即使"看不见的人"穿着的黑衣是隐形衣，那么穿着这件衣服的人就真的完全不能被看见了吗？

"而且，"不良学生一边往桌子上摆红茶和作为夜宵的炒乌冬面，一边说道，"在《皇帝的新衣》的原作中，当小孩子指出皇帝没穿衣服之后，皇帝也没有停下脚步。这是对的吗？对于小孩子和少数派的意见不予采纳，这是童话，所以会让我们产生这样的思考。"

是这样吗？我还不知道这件事情。

或者说，很意外不良学生有这样的文化底蕴。

可能对于能利落地做出炒乌冬面的讽刺专家来说，这是基础知识吧。

其实我也不觉得我自己是单纯的小孩子，如果那件黑衣是只有拥有一颗少年心才能看见的衣服的话，那不应该是我这样性格别扭的人看到，而应该是美少年侦探团的各位看到才对。

所以这不是心理上的问题。

那个人是物理上的透明人，物理上的空气人。

这样的东西真的可能会存在吗？我没有想到我会看到这样的东西。

"不对，说实话的话。"

咲口前辈开口了。

"其实我从一开始就知道，我已经提前预想到了会有这样的结局。"

对于应该尊敬的学生会会长，我第一次向他投去了疑惑的目光。这个疑惑是——真的会有人说这样的话吗？

不过，确实很像侦探的台词。

但是作为刚刚在舞台上彻底败北的人来说，这听起来只能是对自己输了的一种掩饰。

外表很美的少年说这样的话就更显滑稽了。但是可能确实是这样，在众目睽睽下败给了赌场经理，把自己的巨额筹码输掉了的时候，还有被看起来是旧相识的发饰中学的学生会会长送出来的时候，都没有看到他有任何的不安和狼狈。

他爽快地认输，从座位上站起来，从容地从舞台上下来。虽然我这个说法可能有些偏袒他，但他确实输得很漂亮。

输的姿势太漂亮了，让人觉得有些不自然。但是如果他一开始就知道自己会失败的话，那这个不自然的态度也说得通了。

用扑克牌取得巨大胜利，还有登上舞台，也全都在他的计划之中了吧。

"呜呼，你好像有什么想法，长广。说给我们听听。"

团长微微一笑，问道。

虽然也可以说这是双头院不拘小节的态度，但是这就是完全没有掌握动向啊，他到底算是什么领导啊。

这个组织，完全没有建立报告联络商量的机制。

虽然我觉得很可疑，但是想起前一次的事情也是咲口前辈一个人去进行调查，那个时候，指轮也帮助调查了。我看向天才少年。

他还是一副面无表情的样子。

能没有表情地吃这么好吃的炒乌冬面，也是很了不得的人物。

顺便一说，美腿同学一回到美术室，连衣服都没有换就跳到床上（美术室里有一张床，带帷帐的那种），睡着了。应该是玩累了吧。

看起来活泼好动的他可能比普通的中学生更需要睡眠。如果只看他睡着的样子,真的像天使一样。

现在小学五年级学生双头院正目光炯炯,看起来他正在期待咲口前辈说的话。

他是对什么都兴致盎然的小孩子啊。

"那么我就先从开始的部分说起吧——其实,在前几天听到瞳岛的话的时候,我没有提前跟大家说,我现在感到很后悔。"

"嗯,是啊,长广。如果你提前告诉我,我就不会输那么多钱了。"

不良学生强词夺理地对着一脸愁苦的学生会会长说道。这应该没什么关系。不良学生输掉钱责任全在他自己。

"不良债权。"

我嘟嘟囔囔地说,但是大家都无视了我。

太奇怪了,他们应该能看得到我吧。

总之,不良学生说:"太复杂的话,我可听不懂啊。"

"那就从开始说吧,按顺序说。"

"是啊，只能这样了。"

美少年侦探团的副团长没有办法地耸了耸肩。

"请各位安静，请听我一言。"

他开始说了，还是那个好听的声音。

21. 调查报告

"请各位安静，请听我一言。

"本来调查这件事情的契机，并不是因为我是美少年侦探团的成员，而是因为我是指轮学园的学生会会长。调查这件事情是为了维持治安或者说是为了整顿风纪。

"和这个地区也有关系。

"主要是，关于发饰中学的传言我都略有耳闻，好像他们在学校里进行不好的活动。

"虽然别的学校的事情我不应该插手，但是因为离我们太近了，我不得不留心些。

"而且也不能说对指轮学园的学生没有坏的影响。我觉得应该在不好的事情发生前采取一些预防措施。

"所以我一直在对此进行调查。但是没有取得关键性的进展。我感觉被束缚住了，因为那所中学的学生，口风都很紧。在我这种只有说话这一个优点的人看来，这是很难相信的事情。

"不管我如何追踪这些传言，最后线索都会在一个地方消失。直说的话，就是我陷入了僵局。

"我当然认为，他们学校和我们学校对立，所以学生很难向我们提供什么情报，基本上对面学校的学生是磐石一块。

"但是发饰中学不是从前就这样的，在我一年级的时候，这所学校——在好的意义上也好，在坏的意义上也好——是更加开放自由的学校。

"听说学校成为现在这个——在好的意义上也好，在坏的意义上也好——完全被统辖的学校是他入学以后的事情。

"他。

"是的，就是札规。他成为学生会会长不是最近的事情，他的支配能力或者说超凡的性格在一入学就显现了出来。

"而且他崭露头角的方式比我更鲜明。

"这里，超凡的性格也可以称作商业头脑。他以发饰中学的学生为员工，开始了商业行动。

"那个赌场可能只是小意思，他还在其他很多领域活跃着。但是我不清楚实际情况是什么样的。

"我们在学校里面也有经营着财团的天才少年，但是这是另外一种才能。就这样，他一瞬间就完全掌握了发饰中学。

"听起来可能有些刺耳，但这就是金钱的力量。

"札规为发饰中学带来了统一的秩序。当然，他的手段值得肯定。

"但是，从邻近学校学生会会长的角度看来，这种手段是一种威胁。因为他的行动绝不是一个稳健派的行动。

"瞳岛可能已经看出来了，我和他之间以前进行过学生会会长之间的交流，所以我知道他是怎样的人。

"虽然他看起来那个样子，却是一个很有野心的人。

"他是那种不满足于在自己上学的学校进行控制的人。我担心，他近期也会对其他学校出手。

"他被叫作经理。

"这恐怕就是他要的头衔。

"即使这样，我作为学生会会长也采取了一定的预防措施，但是就像刚才所说，我的跟踪没有什么成果。

"实话实说，我也不知道札规在做什么事情，有什么企图。但是前几天瞳岛描述了那个上班族的样貌，我心里暗想，终于来了。

"终于，札规把他的魔爪伸向了指轮学园。"

22. 拉锯战

指轮学园和发饰中学之间有一条边界线。

这回是我们跨过了边界去合理怀疑赌场。如果变换一下视角，发饰中学是可以侵略指轮学园的。

事实上，札规走在我们的上学路上，就是想以一百万伪钞为诱饵，钓指轮学园的学生上钩。

漫不经心地。

可以说我在完全没有意识到陷阱之前就走了进去。实际上，如果我没有用自己本身的视力看到看不见的人的话，我对发饰中学的印象会大为改观。

不可能有人会抵挡得了恭恭敬敬款待我们的札规的魅力，而且在舞台上取得巨大胜利的他看起来也异常帅气。

"我清楚札规的事情了，但是，咲口前辈。"

我问道。

我已经明白了咲口前辈和札规之间的纠葛，也清楚了咲口前辈从最初到最终决定拜访发饰中学背后的故事。

但是怎么说呢，我感到不解的地方还有一个。

"特别设置的——'看不见的人'的存在。"

"不，这个人不存在。"

"那到底是怎么回事？"

咲口前辈不只没看到那个人，而且应该也没有想到这样的事情吧，若非如此，他应该不会输得那么惨。

"不是哦，我料到这样的事了。"咲口前辈点了一下头。

"如果我没有想到就好了，我的预防措施完全没有起效，事情朝着更坏的方向发展了，但是……"

咲口前辈这时候看向了团长。

双头院疑惑地抬起头："嗯？"

为什么团长可以明白面无表情的天才少年的想法，却一点都不能察觉咲口前辈的意图？这个小五郎说不定并不适合当世界第一的侦探。

咲口前辈不得不自己接着自己的话说道：

"但是，现在我不是作为指轮学园的学生会会长，而是作为美少年侦探团的成员做出的调查结果。瞳岛，你还记得二十人这个组织吗？"

23. 二十人

"二十人？刚刚萝莉控说了二十人？"

听到咲口前辈好听的声音，美腿同学跳了起来。不知道是因为床的弹簧很好，还是因为他的弹跳能力强，他以睡眠的姿势也可以发挥这种弹跳能力吗？像刚才文字描述的那样，他直接从床上跳了起来，像是喜剧漫画作品一样，我担心他会不会撞到头顶，他的反应也过于激烈了。

说话突然被打断的萝莉控前辈反应很冷淡。美腿同学用超快但是无用的速度靠了过来："总之你刚刚说了二十人的事情？"

但是，这可能不是他反应过激了。

美少年侦探团曾经和这个组织交过手。那个时候，外表可爱、实际拥有超常体力的美腿同学运用了自己身体的极限。所以他现在的反应，可能是由于当时的创伤引起的。

"二十人。"

怎么说呢？我也很难定义他们，总之，这是一个犯罪组织。

他们的名字像棒球队一样现代，让人很难想到，他们实际上是一个犯罪集团。他们用一种难以想象的高明手段绑架了我和双头院。

想救我们的美腿同学，也落入他们手中。那时候的事情真是刻骨铭心。

"那我们还可以见到丽吗？见到那个穿着暴露的美人、二十面相的美女？"

这个时候突然凑过来的美腿同学看样子那次也没受到什么伤害。不过，对于一个到目前为止已经被绑架过三次的少年，这个程度的犯罪伤害是不能对他造成创伤的吧。

而且他完全为敌人的首领所倾倒。

确实面对受上天恩惠的美人，男孩子确实很容易被迷惑。

"见不到。"

咲口前辈干脆地断了美腿同学的念想。不愧是理智的人，咲口前辈看起来是那种和犯罪集团头目交手的时候，即使面对超级美人也不会失去冷静判断的人。

也有可能就是他对于比自己年纪大的女生的标准操作。

"没什么见她的必要吧，而且现在我在想要怎么做才能避免今后和她率领的二十人扯上关系。"

前辈继续道。

"啊?"

美腿同学露出了感到无聊的表情。

他没有继续回到床上，而是坐到了沙发上。然后一把抢过天才少年正在吃的炒乌冬面，大口吃了起来。

真是随心所欲啊。

实际上，即使是美少年侦探团的团长双头院也不是没有承认过对丽这个人的兴趣。表现之一，就是双头院兴趣十足地发问："哇! 那么，长广，这个二十人和那个赌场到底有什么关联呢?"不过他对所有的事情都会表现出兴趣，也有可能是他好奇心旺盛吧。

"团长，那我就按顺序说了，飙太，你能再睡一下吗?"

"好的，没有问题，我不会再插嘴了。"

咲口前辈不想再被插嘴了，所以这样对美腿同学说，但是被美腿同学一口回绝了。他已经够能插嘴的了。

不良学生听到他们的话，没有插嘴又默默沏了一杯红茶。只要不良学生不说话，看起来就非常像服务人员。

咲口前辈失望地耸了耸肩，继续说道："上一次我们顺利地，不对，我们凭借运气击退了二十人，如果下次有同样的事情发生，我觉得我们不会这么顺利了。"

"极端一点说，和他们扯上关系这件事情本身就是人生的污点，在这个世界上，有绝对不应该扯上关系的人。"

他用非常认真的口吻说道。

学生之间也在传不要和美少年侦探团扯上关系，现在它的副团长这么说的话，这句话就更显其重量了。

事实上也是这样。

丽在离开的时候也说了类似于再见之类的话，但是如果能再也不见他们的话，那就是再幸福不过的事了。

"所以我拜托创作对他们的组织进行了调查。他们实际上是怎样的组织？他们在进行怎样的活动？活动规模如何？今后有没有可能再出现在我面前？如果有可能的话，我们要怎么规避这件事？我们两个就此秘密进行了调查。"

他们还做了这样的事情啊？

确实，这不是学生会会长的工作，而是副团长的工作。上一回的调查也是副团长借助了天才少年（以及他背后的巨大集团）的力量。

所以他刚才说的调查发饰中学活动的真实样貌，干脆也借助指轮财团的力量就好了，但是看起来咲口前辈把这件事情完完整整地分了出去。

天才少年和他都是边界意识很强的人，在和美少年侦探团无关的地方，成员之间不会有任何联系，乍一见这样的关系很不可思议，但是这种边界意识也为成员划定了一条线。

这是一个有团长的美少年侦探团。

咲口前辈和天才少年不能直接联络，这是我可以断言的事情。

"发现了什么事？"

离开美术室之后会和学生会会长对立的不良学生

（在美术室里就是服务人员）问道。咲口前辈点了点头，说道："嗯，简单来说，二十人是运输组织，他们的工作就是，不管是人还是物，把要求的东西运到要求的地点，他们没什么政治上的信仰或者具体的思想指导。"

"但是稍微有一些美学的感觉。"

双头院评论道。

虽然我不太明白他的评价标准，但是说实话，我好像有点理解他指什么。因为其实那个时候丽可以对我们采取更严厉的手段。

虽然运送我们和运送行李没有差别，但是那是一次非常周到的运送。

"是啊，说是美学也好，他们好像确实有一定的标准，大概是专业犯罪者的自我标榜吧，至少不会计划向我们复仇，这是我首先可以让大家安心的一点。"

原来如此，成为犯罪集团的敌人最害怕的是被报复啊。一次两次形式上的胜利并不能消除对未来的不安，这和输了其实是一样的，我一直以为这件事情已经结束了，所以根本没有担心这个事情，但是这种警戒其实是有必要的。

果然是那个不断注意和未婚妻的事情不要被披露出来的咲口前辈，危机管理也非常细致。但是可惜有关于他未婚妻的事情还不能让他安心。

"今后只要我们别轻举妄动，我们是不会和他们扯上关系的，我可以保证这一点。"

虽然他的话听起来很可靠，但是看到经常会轻举妄动的美少年侦探团成员们，我觉得我对于这个前提条件有一点不安。

这么说的话，这不是一个好消息吗？但是完全看不出咲口前辈有放松的表情。

"是的，"他说道，"在调查的过程中，我们取得了没有想到的情报。这让事情变得非常棘手且复杂。"

"我没想到的情报跟发饰中学有关。"

"发饰中学？哈哈，是哪里来着？"

团长两眼放光。

这个人没有记忆吗？

他的好奇心好像只有一个频道，往好了说可以说他注意力集中。他为什么能忘记我们刚刚潜入的学校的名字呢？

即使不是这样，这所学校也在附近啊。

但是啊，这个不思进取的团长的反应也帮助到了我，多亏了他，我现在感受到的冲击减轻了很多。

二十人和发饰中学到底有什么关系？

"我们是在追踪二十人的行踪的时候发现的。我当时也以为我的听力出了问题，但是确实根据我们收到的情报，发现了发饰中学现任学生会会长——札规和二十人有交易的迹象。"

"交易？"

"一介初中生和犯罪团伙有交易？"

我听到后的一瞬间本来想反驳"怎么会有这么离谱的事情？"。札规虽然是初中学生，但他可是晚上在学校开赌场，还有在其他广阔领域也有生意的初中学生。他做这样的事情，也不是完全出乎意料。而且他的合作方是二十人这样的犯罪组织，说是偶然，其实对于他来说也是必然的事情。

"二十人一般就是运送，所以像是中介一样，二十人定期给札规送一些东西。"

"也就是说他们会定期见面？丽和那个家伙？"

美腿同学展示出了自己的嫉妒（说什么那个家伙）。先不管这件事。送一些东西？

"赌博机和牌桌之类的吗？他们那边的设备都是以这种方式购入的吗？"

"是的，小满。我想二十人也是做这样的生意的。如果不是这样的话，那个初中生应该无法把赌场布置成那么华丽的样子。但是，重要的不是这个，他要求运输的是一个民间团体正在开发的商品。"

美声的拥有者现在有了一次很不像他的停顿，他的发言空了一段时间，怎么回事？

他空的这一段时间可以理解为因为提到了染手非法活动的二十人吗？他们和民间团体合作本身也不是什么值得他这一段停顿的事情。

"札规学生会会长主要的收入来自检测开发中的商品，取得相应的报酬。他主要是试用商品，然后把感想写成报告来赚钱。"

"什么？写报告是他的主要收入来源？就是写很好用或者不好用，还有表扬批评就可以赚到钱？这钱看起来很好赚。"

不良学生讽刺道。

"他就是靠这个经营赌场的吗？现在的赌场是不是也是他被委托了试着经营的？"

面对他的讽刺，咲口前辈回应道：

"他测试的是瞳岛说的'看不见的人'的衣服——不被看到的黑色衣服。"

24. 隐身衣

现在一切都明朗了。

我这么想，但是我误会了。其实我完全不知道状况是什么样的。至少我们不知道札规是如何经营那个赌场的。

咲口前辈一语中的。

不是他从这项工作中得到了经营赌场的钱，而是他为了做这项工作才开始运营赌场。

恐怕是他在利用这个赌场。

他在利用观众的眼睛。

来试验那个不可见的黑衣。

试验……临床试验。

他绝对不是企图靠着那个黑衣人来卷走进入赌场的客人的钱的。

他的顾客都是邻近的初中生。

他在经营一个企业。

但是……

"这……这种衣服真的存在吗？怎……怎么说呢，就像是天狗[1]的隐身蓑衣。"

那是谁都看不见的衣服，那是只有我能看见的衣服。

像科幻电影中会出现的衣服。

"是这样的，我在看到之前完全不能相信。不对，我现在也没有看到。但是听到前几天瞳岛的话，我有点感觉到可能是这么回事。"

咲口前辈说，在他和创作调查的时候，他还不明白这具体是怎么回事。

"像空气一样消失的男子恐怕也是利用了这种衣服，在我听到他的特征描述之后，我觉得75%以上这个上班族就是我知道的发饰中学的学生会会长。"

是的，全部连起来了。

所以，咲口前辈一开始就对这件事情非常积极。对他来说，这不但是可以把两个调查合并成一个的一举两

1　天狗，日本民间神话中记载的一种生物。传说天狗随身携带的一件蓑衣有隐身的功能。

得的行为，而且他可能觉得这是一个机会。

如果说这次行动有什么成果的话。

我们出乎意料地调查到了札规学生会会长在发饰中学中进行的不法行为。然后更出乎意料的是，我通过自己的视力，看到了那个接受检测的产品的实际模样。

看到了不可见的东西。

美观眉美。

"但……但是……这种像科幻作品一样的产品开发，怎么想都应该是企业机密吧？"

即使我用中学生粗浅的知识来考虑，也知道如果这样的产品面世，会产生多少超过我想象的盈利。这件事从伪钞开始，所以怎么都会和钱相关，但这不完全是和钱有关的故事。

这是会改变世界的产品。

就像是飞机一下子把世界的距离变短了一样，就像是电视一下子把世界文化融为一体一样，就像是电话的面世让整个世界变得不自由一样。

这件产品会从根本上改变世界。

这是会颠覆常识的产品，这是不能交给初中生的产品。

这是应该由头脑顽固而保守的大人管理的产品。

即使札规有过人的商业才能也不能交给他。不过，不知道那个民间团体有没有不得不这么做的理由。

如果他们有犯罪集团二十人和初中生不得不介入的理由的话。

"如果是正经人的话，不会接受为这种产品进行测试的。"

这个细微但清晰的声音是天才少年发出的。

指轮创作说话了。

一直主导财团经营的他现在不是作为艺术家，而是作为企业家讲话：

"开发者一开始就是要把这项技术用在不正经用途上的。"

25．军事产业

不正经用途。

那是什么用途呢？应该不是从后面偷看赌博对手的牌这种程度的不正经用途吧。

不可见的黑衣，天狗的隐身蓑衣。

它的使用方式也应该不会像哆啦 A 梦的秘密道具那样可爱吧。简单来说，穿着这件衣服就可以变成隐形人，所以用这件衣服大概可以做任何想做的坏事。

在这个遍地监控的监视社会里，对于可以把自己的存在隐形化的商品需求，在表面上已经有很多，在背地里应该更多。

一个不存在的人，不管犯了怎样的罪，都不会被抓到。这种事情对于中学生来说连想象起来都很难。

如果说到非法应用的话，最需要这个技术的应该就是战场了。

被用于军事。

虽然这个想法令人不寒而栗，但是当咲口前辈说起二十人时，我觉得这个可能性有点高了。本来我们和丽有关联也是因为军事武器。

那可能是他们的老顾客了。

作为运输组织。

即使这家公司不是当时要绑架我们的公司，和札规有联系的话，应该也不单纯是民间团体，很有可能是一家民营军事企业。

那么，兵器产业他们应该也有所涉及。

不惜违反法律的组织。

"如果有这样的后盾的话，对平常人来说是违法行为的伪钞，对于他们来说不过是小菜一碟。"

不良学生颇有些恶毒地说道。

"那个看起来不可一世的经理，结果是这个组织的走狗啊。这简直像我发现'狗是人类最好的朋友'背后隐藏的逻辑就是'人类最好的朋友其实不是人类'一样令人失望。"

好犀利的讽刺。

看起来他一点都不介意自己在赌博中被玩弄的事情，

而且是在这样一种赌博中。

"看起来他也没有把这个事情转手让人的打算，而且非常乐意和这样的军事产业有所勾联。他和违法军事产业也是半斤八两，而且确实在相互利用。在这样的企业里若有人脉的话，他的经营活动范围也会被拓宽。但是确实非常危险。"

应该是危险的吧？

从某种意义上来说，他做的事比萝莉控还危险。

即使其他人的理解有点偏差，也不会说他做的事是可以见光的事情。

为什么呢？因为这并不是主导经济活动的札规一个人的问题。

在那个华丽的赌场中和客人交易筹码，天真游戏的中学生们都是这种非法行为的不自觉的共犯。不仅如此。

偏离正常轨道的事情，就这一点也足够有风险的了。

我曾在发呆的时候，在天空中看到了不该看的东西，因此被二十人绑架了——这些中学生，他们也意识不到，自己身上发生了预定和谐的"不幸事故"。

不仅仅是客人。

兔女郎和发牌官以及其他在赌场工作的发饰中学的学生们，其实不单是在进行职业训练。

当然，这其中也有明白真相的札规的心腹，但是并不是所有人都明白这里发生了什么。

虽然赌场本身在日本就是违法场所，但是他们的违法程度更深一点。

怎么想，这件事情都超越了玩心和少年气的范畴，这涉及是与非，当然这件事是后者。

"那我们怎么办，团长？"

我偷偷地看向回归沉默的艺术家的天才少年，不良学生正看向双头院，等着他的指示。

"团长应该也觉得二十人做的事和札规的赌场没什么能感觉到美学的地方吧？这么一想，他们确实做得太过头了。"

"唔。"

双头院对着不良学生摊了下手。

"小满，你是在问我，我们要不要再去赌场，在舞台上和经理赌一把，然后通过这次复仇取得赌场的经营权，击溃用于实验类军用兵器的黑衣实验场？

"那么我的答案是：好！"

双头院回答道。

"答案当然是肯定的，现在如果不这么做的话就违反了我的美学。欸嘿，瞳岛眉美，不对，美观眉美。"

"嗯，嗯？"

突然被叫到，我吓了一跳。

我突然被美学之学提到：

"开心点，你的视力有用武之地了。"

26. 再战

　　虽然双头院快人快语地说出的计划很难当场进行验证，但是很意外，他的这个计划是被精确计算过的。当然，不可能是双头院计算的（他只有美学）。不过，确实，如果我们能击溃赌场合理怀疑的话，那就可以说是向最终的成功迈出了很大的一步。

　　虽然这件事对顾客来说，是夺去他们的游玩场所，对员工来说，是夺去他们的就职场所，但其实这个举动也保护了他们。这也同时完成了指轮学园的学生会会长制定的"保护指轮学园学生"的预防措施。

　　我们虽然不期望此举可以彻底断绝札规、二十人还有民营军事企业之间的联系，但是只要破坏一次他们之间的交易，他们重新建立交易体系就需要花时间。而且，如果作为被他们邀请的人去做这件事的话，别说他们是非法组织了，就算是合法的，我们堂堂正正赢得赌博，也不会被记恨，不会为以后埋下祸根。

　　并且，虽然这不是出自我的本意，但是我们为了达成目标已经想好了手段。利用我的视力，可以看到那个"看不见的人"，如此，阻止赌场经理的连胜也绝不是实现不了的梦想。

　　面对这个没经过什么思考就被提出的主意，我也没有期待更多。但是，要达成这个计划，现在有一些很明显必须清除的障碍。

　　双头院看起来想现在开始准备，今晚再去一次合理怀疑赌场，也就是发饰中学第二体育馆，但是这应该很难。

　　毕竟，我们这个团体很引人注目，而且其中的一个人在一小时左右之前，刚刚登上了赌场的舞台。

　　我们在众目睽睽之下被请了出来，若在同一天返回的话，对方肯定会有所戒备的。

　　而且札规在送我们出来的时候说了"美少年侦探团的大家"之类的话，他说得没什么问题，但也说明他这个发饰中学的学生会会长，也在调查假想敌指轮学园的事情。

　　我刚刚加入侦探团暂且不说，推断他从一开始就认

识其他成员比较合理。不对，仔细一想，他应该知道我
是美少年侦探团的新人，所以才在我的前面掉下了那些
伪钞，这样事情才比较合理。

他为了开疆扩土，最初就把可能成为障碍的团体作
为目标了，就像是有被害妄想症一般。如此，后面的事
情发展就合乎逻辑了。

所以，我们如果想在今晚营业时间内返回，然后决
一胜负的话是非常困难的。但是这件事又很棘手，下次
开业的日子是下周日，我们等不了那么久了。

但我们不会就此罢手。

还有一个很大的问题，就是邀请函不够了。我只拿
到掉落的钞票中的十分之一，也就是十万日元。

十个一万，每一张纸币都有一张邀请函，我们已经
用了六张。

现在只剩四张。

也就是说，如果美少年侦探团的成员，大家全部要
去的话，现在缺两张邀请函。

"哪两个人留在这里呢？"

我小心翼翼地问道。

双头院还指望着我的视力起作用，所以我不是要留在这里的成员吧。

我本来这么想。

"你这么说的话，我确实有点不好办，瞳岛眉美。美少年侦探团的团规第四条你记得吗？"

团长提醒我。

团规第四条：必须是一个团队。

虽然我没有忘记，但是这个团体容纳了这么多自由奔放的成员，没想到竟然很注重集体行动啊。

"但是邀请函不够就是不够啊。"

"没关系，我有一个好主意。"

团长给美少年侦探团的美术担当分配了任务："创作，工作了。"

天才少年沉默着点了点头，我看了看，他明白了双头院的意思。临摹和仿制是艺术家的基本，所以有他这样的技术，可能可以复制去赌场的邀请函。

我武断地想，他应该是想再制作两张邀请函吧。但是……

考虑到他的妙招是基于美学，应该不会这么正常。

27. 变装

　　我原本以为我们要制作假的邀请函以对他们制作伪钞的恶行进行回击，但是双头院想的是成员悄无声息地溜入赌场以对他们使用看不见的人的恶行进行回击。也就是说，他的主意是，我们现在像看不见的人那样不被人看到，溜进那个赌场。

　　你看到这里可能不知道我在说什么，我也是在他说明之后才明白的。但是他和天才少年可以称得上是心意相通了，天才少年已经开始行动了。虽然他脸上并无表情，但是在心中是非常听从团长的指令的。

　　但是……

　　"也就是说，我们要融入背景中，那么我们根本用不着六张邀请函，四张都有点多了。"

　　咲口前辈说道（翻译道），听他这么一说，愚钝的我终于看清了我们战略的全貌。

　　"员工通道，在体育馆的后面。"

不良学生在刚才调查的时候好像检查了这个细节，所以如此说道。是不是该说他缜密呢？也有可能是他在赌场里输了太多钱，在考虑逃跑路线的时候发现的成果。

"员工通道？什么意思？"

美腿同学看样子还没有理解，有可能，只有他在这时还没有理解我们的计划。

员工通道入口。

也就是说，双头院的计划是，我们进入合理怀疑赌场，不是作为客人，而是变装之后以员工的身份进入。伪装是侦探的基本技能。

必须是侦探。

这是美少年少年团的团规第三条。

刚刚我们情绪低落地回来的时候已经被认出来了。我们现在伪装成客人也可以回去，但是即使我们解决了邀请函不够的问题，作为客人回去的话，应该也会遭到员工很严格的监视吧。

如果我们的伪装被看穿的话，这后面的行动会变得更加困难。但是作为员工潜入这个主意，虽然听起来很大胆，却也是所有人的盲点。

　　这样不仅会隐没我们行动的痕迹，而且只要我们不被看穿，那么赌场方面就完全不会对我们进行戒备，我们可以在完全无人看守的内部自由地进行侦探活动。

　　而且也不用邀请函了。

　　不对。四张邀请函是有点过多了，但是我们确实需要一张邀请函。其他的五个人一直作为员工在后面进行掩护，但是我们需要一个人在舞台上和赌场经理进行对决。

　　那么谁来做这一个人呢？

　　"欸嘿，那个人只能是我了吧。"

　　团长自告奋勇。

　　这真是太危险了，但是转念一想也只能这么做了。

　　咲口前辈已经上过一次舞台了，所以只能排除他，而太容易在赌博中输掉的不良学生也要排除掉。我已经看到美食小满被对方吃干抹净的光景了。

　　作为体力担当，一心玩乐的美腿同学也不太适合在舞台上一决胜负。

　　如果被问到"那么你怎么样"时，我连赌博的游戏规则都没有掌握，而且我作为"美观眉美"应该在旁边协助。

　天才少年似乎也可以在赌博中发挥他的聪明才智，但是他并不能和作为辅助人员的我进行交流。

　所以现在只有双头院这一个选择了。

　现在是领导之间的强强对决。

　当然，在被对方认出来之前也不得不进行伪装。

　"确实，在舞台上，备受瞩目地和赌场经理进行近距离对峙，所以我的伪装要比其他人的投入更多精力。这样的话那就只有那个了。"

　只有哪个？

　答案马上揭晓了。

　那么，让我们再次向发饰中学出发吧。

28. 只有那个

装扮起来的美少年侦探团的各位，美丽得恰到好处。天才少年现场制作的员工服一点都看不出来着急制作的痕迹。穿着这件衣服的成员们也很难说他们的存在感完全消失了。

咲口前辈和天才少年伪装成了发牌官，美腿同学伪装成了保安，不良学生伪装成了吧台工作人员。

顺便一提，我伪装成了兔女郎。

真的假的？

就在一个月前，我还是那个性格阴暗的人，现在装扮成兔女郎这种跳脱的角色，我觉得新鲜又紧张，但是从两个方面来讲，这件事情也是没有办法的事。

首先，我第一次去赌场的时候已经以男装示人了，因此，对我来说解除上一次的伪装就是这一次的伪装。其次，虽然合理怀疑赌场里面也有女性发牌官，但是如果穿了发牌官的衣服却不明白游戏规则，那就说不通了

（我做不了保安），所以只能做兔女郎了。

以男装加入美少年侦探团的我，现在做这种不着边际的事，有一种不知道自己在做什么的感觉。但是我要扮作兔女郎还有一个理由，可能这才是最重要的理由。

团长都要着女装登上赌台了，我这种部下也不好说什么任性的话。所以我彻底放弃挣扎了。

和以前与二十人有所关联的时候一样，双头院再一次从美少年变作美少女，进行侦探活动。

美术担当的手法太熟练了，所以我一度怀疑这并不是"再一次"，而是每一次侦探活动，双头院都会伪装成少女。倒是把我变成兔女郎，让天才少年颇费了一番苦心（不好意思）。

顺便一提，还有一件小事也和美腿同学有关。赌场内的工作人员当然都必须穿长裤，但是如果伪装成兔女郎的话，虽然要穿长筒袜，但是可以露出自己引以为豪的双腿，他在女装和长裤之间犹豫很久。

"真是……啊，我选长裤。"

这个决定对于他来说太难了。

他好像很讨厌男扮女装，似乎这样会减弱他对自身性别的自我认同。虽然看起来他比我更适合兔女郎的装扮。

"美腿飙太不展示腿，就像是萝莉控长广被封起了魅惑的声音。"

"谁是萝莉控啊？而且我也没那么下流的声音。"

他吐槽了咲口前辈的声音，但是可能太注意自己的美腿了，他没有发现我的兔女郎装束，也真是粗心。即使这样，他也没有拒绝和我们一起走。现在穿得严严实实的美腿同学（长裤同学？），应该也是有作为美少年侦探团成员的自觉的。

实际上我们要从体育馆后门进入赌场的话还需要他那引以为傲的腿速，他和我们一起走确实是有好处的。因为后门那里有望风的人，我们需要把这些人从门口引开。

他走到那些望风的人面前，故意装作鬼鬼祟祟的样子，然后快跑开，装扮成员工的我们趁着这些人去追美腿同学的空当，悄悄地潜入了体育馆。美腿同学成功地甩掉了那些望风的人，和我们会合。

"我穿了长裤，感觉跑得没有平时快了。"

他本人不情愿地说道，总之我们成功潜入了赌场。单独行动、从正面进入赌场的双头院，已经坐到了 21 点的桌上。

在明亮的赌场看到双头院，真是一位绝世美少女。仿佛不是体育馆吊顶上的灯光在发光，而是双头院在发光一样。

仿佛不是他着了盛装，他本身就是盛装。

"嘿嘿，不愧是我们的团长，到底有别人没有的特质。"

咲口前辈得意地说道。

如果他真的在夸团长的话呢，那这是非常棒的一件事情，但如果他是对小学五年级学生的女装产生了兴趣的话，那么我不得不说他已经到了无可救药的阶段了。

这次我们解决掉札规这个问题之后，可能也该对咲口前辈的问题给予关注了。作为一个员工呆呆地站在这里也太不自然了。我们为了发挥自己的作用，必须四散到赌场的各个角落。

我正在双头院的旁边。

话说回来，这个人在我用视力适当地（不适当地？）

辅助他之前，怎么已经开始赌了？

团长不是不良学生那样的人，应该不至于破产吧，我一边想一边看了一眼双头院旁边的筹码，他已经赢了不少了。

为了显示自己大获全胜，他应该一开始只买了很少的筹码。

和刚刚以美少年身份来赌场随便玩玩的双头院不同，现在眼前这个美少女虽然没有高超的赌博技能，但是这一次，他是带着目的来的，也可以说带着必胜的决心来赌博的。

就在我这么推理的时候，看到他的筹码又增加了一些。

这样的话，在登上舞台之前他应该不需要我的帮助了。但是我们全部成员都是伪装之后溜进来的。如果有一个人被发现的话，也就相当于全部被发现，这么一讲，我也不能掉以轻心。

而且这不只是我们偷偷进来的问题，被发现对我来说还意味着我兔女郎的打扮会被公之于众，所以我现在必须贯彻我这一形象。对于我现在的形象来说没什么是过头的事情。我现在做的事情已经十分过头了。

所以我利用自己的视力，看到发牌官发的牌之后，用我们事前沟通好的方式，向双头院发送了信号。

我的眼镜一开始就没有戴。

当我自己做这件事情的时候我才开始明白，作弊这件事情是多么违反规则。如果通过这种透视的方式赌博的话，那赌场就不成立了。就因为这一点，我现在又重新确认了，舞台上暗中活动的那个看不见的人的行为，是不可原谅的。

以牙还牙，以眼还眼。

没有比现在这个情况更适合这句成语的了。但是我发给双头院的信号都是最小限度的。

并不是因为我有什么后悔或者是胆怯的心态，只是如果太复杂的话，对于不明白游戏规则的我来说，可能会传达错误的信息。

真正的好戏是在特别项目开始以后，在"看不见的人"出现以后，所以在那之前如果我把自己的视力用到极致的话，就是本末倒置了。

我一直关注着赌桌，发现双头院的赌法有点让人担心，他次次全押，如此，还没有输成穷光蛋，真是让人不可思议。

难道是因为他明白什么时候会赢？

即使这样也让人非常不安。他的赢法太过华丽，而且美少女双头院的长相太过出众，观看他赌博的人多了起来。

我因为自己兔女郎的样子被看到而一直感到羞耻，但是，谁也没有注意到我，这也让我觉得非常屈辱。我担心如果双头院吸引了很多人的注意的话，我们的伪装可能会被发现。

对面的免费饮品因为太过好喝而引发人们骚动。好像是那边的酒水负责人员扮演得太认真了。

我坦然接受了这件事，抬眼又看到扑克桌上，天才少年作为发牌官展示着迷之社交属性，我希望有一天他也能对我施展这种社交属性。

同样作为发牌官的咲口前辈，虽然没有像天才少年一样社交属性尽展，但是好像也博得了女性客人的青睐。我还担心曾经上过舞台的他会不会是最容易被发现伪装的呢，但是不愧为一直隐瞒未婚妻年龄的人，咲口前辈果然是最周全的人。但是我还是觉得很不安。

美腿少年看起来一副精疲力竭的样子。可能是长裤吸走了他的能量，看起来只有他玩得不尽兴。这对于他来说不是游乐场而是墓地。

所以。

有人对赌到盆满钵满的双头院说"亲爱的客人，祝贺你"的时候，我心底松了一口气。

"您获得了参加特别项目的权利。"

"哇哦！"

美少女浅笑着回应。

29. 对决

于是，今天的第二次赌博秀开始了。这是一场和赌场经理进行的赌上赌场经营权的豪赌。

盛装的双头院和札规走上了舞台。还是那个兔女郎拿着麦克风，对一晚两次赌博秀的例外进行说明。

她的说明充满经验，观众们纷纷涌了过来。但是那个兔女郎对同为兔女郎的我十分冷淡。

在我女扮男装的时候，她分明那么热情相迎，不过，我其实也不在意。

被看穿了才是问题。

这个兔女郎对我这么冷淡，在某种意义上说明，只要我在和札规经理产生交集之前一直保持这个状态就算是巨大成功。

这也归功于美术担当的工作，我的外形看上去完全改变了，现在只有声音没办法变化（我不能像美声长广那样自由变化声音），现在一旦我们面对面讲话，经理很快就会发现我的真实身份。

那么接下来，我只要在赌博的最重要时刻，用我的视力看到那个看不见的人在舞台上的行为，然后把他的暗中操作告诉双头院就可以了。这也并不是很简单的事情。但是我们知道对方有看不见的人存在本身就是一个很大的优势，只要我们利用好他们没有发现我们的发现这一个疏漏，我们就可以……

"啊，那么之后就是轻轻松松赢了。"

不良学生假装经过我身边，轻轻对我说道。

"顺便一说，我把便利店找零的钱都赌到团长身上了。"

别做画蛇添足的事。

为了不让不良学生的生活雪上加霜，我也不得不发挥自己的视力了，我的压力增加了。

挑战者双头院选了 21 点为赌博项目。

莫不是他只知道 21 点这一个游戏吧。

"不对，恐怕团长有自己的考虑，21 点的话，即使在后面可以看到牌，也没什么意义。'看不见的人'无法发挥扑克时的能力。"

咲口前辈分析道。

先不管团长有没有自己的考虑，原来还有这种看法啊。本来咲口前辈还有让天才少年去舞台上做发牌官的打算，看样子是失败了。

这次舞台上并没有发牌官。

美腿同学看起来消耗十分严重，马上就撑不下去了。我们要速战速决，早点让美腿同学恢复活力。

"那么，游戏，开始！"

兔女郎说完后离开了舞台。我瞪着眼睛时刻准备"看不见的人"登上舞台。

没问题。

如果考虑这件事情的背景的话，我现在确实责任重大。我们已经在美术室想尽了事情的所有可能走向（利用双头院装扮成女装的时间空隙）。不管"看不见的人"如何行动我都有相应的对策。

实际上，这是我作为美少年侦探团成员的第一次任务，我想顺利完成。我现在斗志昂扬，但是，但是……

胜负以料想外的走向，展现了出来，展现了出来。

不对。

没展现出来。

30. 看不见的人

（女装）双头院和（正装）札规的 21 点对决已经持续了至少半个小时。虽然如此，但是那个"看不见的人"还没有登场。

现在台上只有参与赌博的双方，没有其他人。我聚精会神地看，怎么都看不到想要插手他们赌博的第三个人。

我对自己说："再等一等，别着急。"如果我现在方寸大乱的话，本来能看到的东西也会看不到。

但是，我的视力没有这种特征。我的视力不能够自动调节看到和看不到的开关。

我的眼睛和精神无关，有了这个视力，不管我想不想看，我都会看到。

也就是说，如果现在台上有"看不见的人"的话，不管怎么样，我都能看到他才对。

这个人是不是在舞台侧面等着呢？

他正在等自己该出场的时机？

不对，他怎么能这么悠闲呢？从札规来看，如果输掉这场赌博的话就失去所有了，所以现在不是留着后手展示自己玩心的时候。而且在众目睽睽之下，正是检验"看不见的人"这一产品的好时候。

如果不是现在检验的话，那他作为检验员的工作也就没有完成了。

"怎么了，瞳岛？"

咲口前辈若无其事地靠近我，好像是注意到了我的神情，所以问道。他装作员工之间互相说话的样子。

"可能被发现了。"我小声回答。

"札规可能害怕我们看出了作弊，所以今天没有让'看不见的人'出场。"

如果是这样的话，那我们的伪装从一开始就已经露馅儿了，我们本来打算完美潜入，但实际上就是在露天游泳啊。

那么穿着女装出现在台上的双头院和委屈自己穿着长裤的美腿同学，还有更过分的，打扮成兔女郎的我，真是太丢人了。现在已经不是露天游泳了，马上就要溺水了。

"如果是这样的话，那对我们可能是非常有利的。札规无法作弊的话，团长就可以和他平等较量了。"

原来如此，还可以这么想啊（没有打扮成兔女郎的人）。

而且如果我现在应用我的视力的话，已经不只是对等了，简直可以说是对我们很有利，但是这违反了团长的美学吧。

虽然我这么说有点奇怪，但是事实确实是如果对手作弊的话，我方才有作弊的正当理由。只有我看到了那个看不见的人，我才能给双头院发送信号，告诉他牌上的数字。

所以现在他们的赌博完全靠运气了。

这是一场非常公平的赌博。

"怎么说呢，赌博这种东西就是靠运气。"

赌博差生到底在说什么？

说什么运气好运气差的，是你白白输掉的钱吧。

总之现在还不清楚，札规可能只是先看看现在的情形。有可能看不见的人很快就会登场，参与到这场赌博中来。

我不禁不安了起来，对舞台上的输赢结果投注了目光。现在，看客比咲口前辈登上舞台的时候还要多，但是我比那个时候更难融入他们。

我比那些押注很多的赌客更加一丝不苟地注视着札规和双头院的对决，但是我的目光却不是守望的目光，而是进攻的目光，这样的心理并没有影响我的视力。

我确实没有看到看不到的人。

虽然我不明白赌博的规则，但我这么认真地注视他们，可以通过筹码的来去大概判断他们的输赢。他们的筹码在绝妙地拉扯着。

就像是按照剧本演出一样。

就像是被看不到的手操纵着一样，他们之间在进行输赢的拔河。

这场赌博仿佛被操纵一样，更加令人兴奋了。

"瞳岛，你真的看不到吗？"

咲口前辈仿佛下定决心般地问道，但是看不到的东西就是看不到。不过这场赌博的发展，只能让人觉得这里有一个看不见的人。

到底是怎么回事？

事情变成这样的话，只能这么考虑了，也就是说现在有一个我的视力也看不见的人，正站在舞台上。

在如此混乱的状态中，我思考着，推理着。

仅仅几个小时，看不见的人已经升级了吗？或者是我的眼睛太累了，我曾经觉得我的视力妨碍了我的梦想，我的视力完全是一种负担，但是现在我却因为它不能很好地发挥作用而深感不安。

终于我的视力可以被用作正途了，虽然也不算什么正途。是一种美学意义上的正途。我怎么这么振振有词？

冷静点，冷静点。

札规如果想要用技高一筹的方式打破美少年侦探团的调查，那应该有什么标志才对。

"这样下去的话很糟吧，现在这样发展下去，团长手里的筹码应该全部都会被赢走吧。"

咲口前辈遭遇过相同的事情，所以有一些担心地说道，但是看起来他也没什么可以逃脱这种命运的方法。不良学生就更别说了。

美腿同学现在一点用都没有。

不能露出双腿的美腿同学，就像丧失视力的我一样，没有用。札规到底在谋划着什么呢？

我的视力应该怎么利用呢？

怎么利用？

"哈哈哈。"

就在我束手无措扬起头的时候，也就是说放弃利用我的视力的时候。

正当我就像放弃凝视天空一样，从舞台上收回了视线，突然传来一阵声音极高的笑声，笑声是从台上发出的。这一声笑，让原本热闹的看客彻底安静了，笑声响彻整个赌场。

当然，这是双头院发出的。

虽然他看起来是一个楚楚动人非常时尚的美少女，却发出了如此豪爽的笑声。观看的顾客们鸦雀无声，但是发出笑声的人，完全没有停下来的样子。

甚至，他，她的笑声变得更高亢了。

"有什么奇怪的地方吗？"

面对这个把热闹的赌场一下子变安静的对手，札规也有些疑惑，但是作为赌场经理他不得不处理这个事情。

"没什么，我只是觉得我现在正面对严重的危机，但是在千钧一发的时候本人被自己美丽的光辉震慑住了。"

这个美少女说着一些让人不明所以的话，而且以本人自称，札规听到这里时脸上稍微抽搐了一下，但是他是学生会会长，是生意人，是欺诈师，所以他装作非常淡定的样子回答道："看起来你对美有自己的坚持啊。"

真的被美震慑住的应该是札规吧。

看到他这个表情，我就不禁咬牙切齿。

"但是这位小姐，如果只注重外表的美的话，可能会被绊倒哦，就像圣埃克苏佩里说的，真正重要的东西，眼睛是看不见的。美的东西也是这样吧？"

真正的美，就像空气一样，是看不到的。

他恬不知耻地净说一些漂亮话。

但是他的老生常谈，观众们都很买账，本来因为美少女的外形受到支持的双头院，现在连支持自己的观众都失去了。

但是她，不，他完全不在意这件事。

"我可完全不会被绊倒呢，不如说是因此获救。你说的圣埃克苏佩里我也读过。他美丽的文笔，我可是看得清清楚楚。他确实写了真正重要的东西，眼睛是看不见的。我看到了，并且铭记在心。"

"如果真的是美的东西不会看不到的，不管是外在还是内在，不管是文章还是空气，我一定会看到，即使是很耀眼的东西，我也不会躲闪，我一定会盯着闪闪发光的美。"

双头院追加说道。

"札规，如果你的谎言也很美的话，那就给我们大家看看这是什么东西吧。"

他现在的发言就是宣战了。

当然没有看客支持他。但是有四个人的掌声，响彻赌场。

这四个人是谁呢，不用看也知道。

双头院仿佛给我们展示了，不屈于赌场内氛围的美。但是现在的状况和刚才相比，糟糕程度更甚。

最糟糕的是如果双头院在舞台上失败了，我们以后也没办法再卷土重来了。这里就是完结了。双头院和现在鼓掌的四个人应该会被禁止进入。

所以现在必须做一个了断了。

被挑衅的赌场经理面对着对面的美少女，已经完全没有了恭敬的态度，只是无声地瞪着她。看样子他也不打算再玩了，要在这里一决胜负了。

哇!

不得不考虑了，不得不考虑了，快想一想，快想一想。

根据刚才他们的对话判断，札规肯定又使用了看不见的人，然后借此控制赌博的节奏。

那么为什么我看不到呢？

我漏掉了什么地方吗？

我本该看到的东西，为什么现在看不到了？

刚刚因为忍受不了，我不自觉地让目光远离了舞台，然后被双头院的声音，他的美学吸引了，但本来我就是会逃避的人啊。

现在我应该正视的是什么东西？

没有什么考虑的必要，我需要正视的就是我自己。

我不得不看到的，就是我自己。因此，我才成为了美少年侦探团的成员。我想和那个说我眼睛很美的团长一起活动。

我被称为美观眉美，这是我吗？

虽然事情就是这样，但并不只是这样。我的视力是我的长处，但同时也是我的短处，是我的缺点，也是我自卑的来源。

我现在必须正视的，就是我从未想过要正视的自己。

那是我像空气一样无视的东西。

我必须正视这个扮成兔女郎的自己。我到底在做什么？但是，这和现在这个场合没有关系。如果用宽容一点的眼光看的话，在赌场扮成兔女郎也不是什么不自然的事情，这就像是在泳池里穿着泳衣一样。那么用视力过好的眼光来看，也不会有什么改变，那不自然的事情——

就很明显了。

即使在赌场里，我也几乎不知道赌博游戏的规则，不论是扑克游戏、轮盘或者百家乐，还有自动赌博机。当然我也不能说我完全熟悉 21 点的规则。

这件事情太不自然了。

客观来讲，可能有人不得不问为什么你要在这里？

虽然如此，我却一直没有正视自己这一点。

我根本没想过要记住规则。

我一直觉得其实如果我不阻止双头院，他也会随便玩一下，然后说真无聊呀就结束了。

真正无聊的，是什么都不懂的自己。就像没有背景知识就无法观看的电影一样，就像不理解背景就不觉得有趣的小说一样，就像不用自己的眼睛看就理解不了的现代艺术一样。

如果什么都不知道，那么也就什么都看不到。

即使看到，也有看不到的部分。

比如说，如果不知道空气这种物质的话，那就不会注意到那里有空气。是的，就是这么简单的事情。

我并非没有看到。

我看到了，只是没有注意到。

"咲口前辈，我有一个冒昧的问题。"

如果札规收到双头院旁边有帮助他的兔女郎的情报，那么他应该已经掌握了我的视力情况以及我的身份，那么他应该也看出了，我对于这个游戏的不精通。

而且如果他知道我的身份的话，就会想起，其实我在休息室玩翻转棋的时候已经暴露了，我完全不知道赌博是怎么回事。

那么，不管在谁看来都很明确，可以避开一无所知的我的良好视线的方法就是——

"21点，可以中途换牌吗？"

31. 揭秘

只要明白了这一点，那么21点的把戏就超级简单了，甚至简单到有点让人讨厌。真是让人讨厌，这么显而易见的手法。

看不到的人。

不可见的隐身衣。

因为这件事给我的冲击太大了，而且这是最有效果的作弊，所以我就会想他们不可能使用这以外的其他方法，如果这是最前沿的科技产品的话，那么就不仅仅会用到衣服上。

如果这项技术用作军事用途的话，应该也会用到军装以外的地方。应该也会用在枪和刀具上，也会用在炮弹和导弹上，也会用在战车和战机上吧。

这应该是可以用在任何地方的隐形技术。

在咲口前辈提供的信息里面，发饰中学背地里进行的交易，也不仅限于衣服。

所以这项技术同样也用在纸牌上。

虽然从牌的背面看不出来，但是看到牌的正面的话就会发现，这是魔术牌。

如果这只是魔术道具的话，那么可以说它是非常正面的东西，但是一旦用作赌博的话，那就是非常恶劣的事情了。

他用的方法应该是和在袖子里面藏牌一般的技术，在众目睽睽之下，把藏好的牌和手牌进行替换。但是我不得不指责他真是太卑鄙了。

没有什么比这件事更卑鄙的了。

他知道我可以看到，但是毫不胆怯地使用了这一招，完全不掩饰他打算愚弄我们的企图，确实，实际上我也很愚蠢。

被人家愚弄了也无能为力的愚蠢。

在赌博的第一个回合我完全没有看出他如此明显的作弊。很明显札规比双头院多一张牌，而且有的时候这张牌会被算入手牌，有的时候没有算入。但是我内心觉得应该有这种规则吧，所以没有在意。

我非常认真地看，却没有看见。

　　但是一旦注意到了，我也就没什么好顾虑的了，尽情发泄怒火就好。

　　我跟着大家来到赌场，却因为不知道游戏规则而被人家愚弄，也是没有办法的事情。话虽然这么说，但是我的愤怒无法消除。

　　可能我性情阴暗之中还掺杂了易怒吧。

　　如果这也是我不得不正视的缺点，那么我现在，有比正视自己更重要的事情，我需要面对现实。

　　我愤怒的矛头，指向在台上的赌场经理。

　　不可原谅！

　　我目光如炬。

32. 尾声

第二天。

几乎没有睡着的我郁闷地走向学校，现在想起来，昨晚的事情，好像梦一般。

确实可能是梦。

昨天晚上是赌场最后一天营业，赌场经理的连胜纪录被终止，赌场经营权被交到了双头院手上，双头院当场宣布赌场关门。

"诸位，游戏结束，让我们美丽退场。"

双头院现在是在客场中的客场，甚至可以说是敌方阵地的正中心宣布的，我想想也觉得后背发凉，万一赌客和赌场的员工一起暴动怎么办？但是很意外，大家平静而迅速地接受了他（她）的宣言。

可能，大家也都明白。

标志性人物一般的王牌札规赌输了的话，也就意味着一切结束了。没什么可犹豫的。

也可能是双头院赢的方式太好了。

我当时生气地把我可以看到的所有牌都用暗号发送给了双头院，但是双头院没有用这些手牌的信息愚弄对手。

他爽快地赢了，一下子结束了这场赌博。

我们团长本来就不知道通过控制整个赌局的方向来让看客感到兴奋这种微妙的人心伎俩。但是，从不可撼动的结果上来看，双头院没有让发饰中学的学生会会长蒙羞。当然，也不是说札规同学的自尊没有在这件事中有所损害，但是现在来看，他只受了最小的伤害。

这也是一种美学吗？

如果是这样的话，任由愤怒控制自己的我，可真是完全及不上他的胸怀啊。总之，我们从不良学生口中的"敌方老窝"一卒未损地回来了（虽然在回来的路上，美腿同学粗暴地撕烂了天才少年手工缝制的长裤，但这是另一件事了）。

如果说这个事件有附加栏的话，那一定要记下不良学生因为信任团长，把从便利店找回来的钱全押在团长身上了，现在他已经拿回了一开始输在赌场中的钱，这也可以说是团长对于成员的眷顾吧。

所以，第二天。

周一。

我强忍着困意，脱掉了兔女郎的衣服，换上男生制服，向学校走去。当然戴着眼镜。

我应该以什么样的形象示人呢？我也不明白了，总之这副眼镜，是保障日常生活可以正常进行的必备品。

我昨天有点用眼过度，现在眼睛有一点痛，但是这点小小的痛应该很快就能恢复吧。而且现在更痛的其实是我的头。

为什么呢？虽然我们按照计划击溃了合理怀疑赌场，但并不是完全解决了所有的事情。

我们阻止了指轮学园的领地被入侵，也事先预防了指轮学园的同学受赌博的侵染，但是札规的经济活动绝不仅限于赌场。

我们成功阻止了他的实验，而且他现在也知道有我这样视力超常的人，看不见的人——隐身衣这个技术可能要重新调整步伐了。

但是，我们没能切断发饰中学和二十人之间的联系，所以这件事情，我们还留有祸患。

作为指轮学园的学生会会长，作为美少年侦探团的副团长，咲口前辈恐怕像害怕自己未婚妻的年龄被暴露一样一直在烦恼这个事情吧。

"怎么了？你别为这个事情心烦了，长广，那个欺诈师也有可圈可点之处，下次我们一定也能完美赢他。"

最关键的团长到底还是闲适的派头啊。可圈可点之处是说，札规也有很美的点吗？

那个欺诈师？

但是，这可以说成是可圈可点吗？这么说，事情就这样终结的话，札规的注意力也并非全部都在生意、交易、实验上。

昨天我怒气上头，没有想到这一点，确实，这个人，有他自己的底线。

这可能是只有他自己才能看到的底线，那是双头院和我都看不到的底线。现在冷静考虑一下，我们的战略只有一种，但是他有不少可以用的手段。

他有很多选择的余地。

我那种不靠知识，以无知为中心的战略，其实只能算一般策略，而且是风险极大的选择。

不管我能不能注意到札规藏牌，不管我穿成什么样子，我们作弊的概率都是不低的。

所以，即使双头院大获全胜，那也可以采取强硬措施不让他上台，也可以把假扮兔女郎的我赶出去。

我就是简单一想，就想到他有这么多选择。

但是他没有这么选，他选了更有挑战性的——迎接我们的挑衅。

这也是他玩心的产物吗？

对于札规来说，和二十人相关联，和民营军事企业交易，也是他的玩心的一种吧。但是如果这样的话，我更不安了，这个人的危险系数更高了。而且，我没什么办法阻止这种危险。

如果有的话，对，那就先从记住21点的规则开始吧。

我走在上学路上，心里这样总结这次的事情。虽说无风不起浪，但是我眼前突然出现了没怎么见过的校服，那是发饰中学的校服。

怎么回事，这么快就要开始第二波侵略了吗？

"早上好，瞳岛眉美。"

这个声音有点熟悉。

"是我啊，是我。"

这个人一边说一边掀起自己垂下来的刘海。原来是札规。

我已经习惯了他穿成上班族的样子，现在穿着校服的札规对我来说陌生得很，但是看到他有亲和力的微笑，那骗子一般的微笑，我确认了眼前这个人就是札规。

现在回想起来，他站的地方，差不多就是那天我捡到一百万的地方。当然，天下没有这么偶然的事情。

他是在这里等我的。

我从没和他讲过我的名字，他却知道我的名字。

"你放心，我不是来报复的，我们这次承受的损失比你们想象到的还要大，这件事情彻底平息之前我们会老实一段时间的。请你把这句话也转达给咲口前辈。"

"哦，好。"

穿着校服的他，说话方式也相应地显得少年气了，但是不能掉以轻心。虽然他说自己会老实一段时间，但是他不是什么老实的人。

他说不是来报复的，说他们损失很大之类的，可一旦开始怀疑他说的话，就觉得他的动机很可疑，可能他和同伴们已经准备东山再起了。

"那，你有什么事吗？"

我战战兢兢地问。

如果要放弃使用敬语的话，现在是最好的时机。

"我是来送情书的，不是我写的，是我们那一个兔女郎写的。"

啊，那个女孩子。

以电话号码开头的情书也太直白了吧。

"我没有透露你的性别，所以如果可以的话，请你给她打电话。她为赌场尽心尽力，对了，昨晚的'看不见的人'里面其实是她哦。"

这样啊，一人分饰两角啊，挺忙的。

可是，也没必要隐瞒我的性别啊，而且应该快点告诉她我是女的，我已经不想让周围发生奇怪的事了。

但是，这是学生会会长亲自送来的情书，看来我不得不收下这个用心形标记封起来的信笺了。

怎么办好呢？

"对了，不只是咲口前辈，也请你代我向那个向我宣扬美学的美少女问好。这是我爱的告白，我不打算报复你们，但是我希望什么时候可以和她一起出去玩。"

这才是他此行的目的吧，而且可以肯定他是笑里藏刀，他话说得好听，可是札规已经知道了我是女扮男装，也知道美少年侦探团，怎么会不知道双头院的情况呢？

难道因为，他是小学五年级学生？

从中学生领地之争的视角看，只在指轮学园找的话，那确实没有双头院这号人。发饰中学的学生会会长对着一个小学五年级学生的女生扮相表白，真是太诡异了，但是我松了口气。

"说起来……"

我问道。

"你的全名，是什么？我会向他们两个转达你的话的，所以我能知道你的全名吗？札规……？"

"谎，我叫札规谎，写成谎言的谎，也读成 lie，如果你有什么麻烦，不要在意学校之间的墙，随时来找我哦。和金钱有关的事情，随时都可以找我哦。"

"嗯？找你干什么？"

"如果你摘掉有色眼镜的话，你可能会发现我是一个很好的人。那么，后会有期。"

他说完转头离去了。我似乎也没有留下他的理由，他走了，我们的交谈就应该结束了，但是我总觉得有什么事情忘记问他了。所以我条件反射地追上去："等，等一下。"

尽管我还没想好，追上他要说什么。然而，我没能追上他。

我跟着札规转了弯，但是转过弯我便停下了脚步，前面应该只有一条路的，他却不见了身影。

"嗯？原来如此。"

这一招他用了好多次。多少次都是这一个模式。

我现在马上摘掉了我那不是有色眼镜的眼镜，寻找躲进隐身衣中的札规。但是……

"嗯？"

即使我摘掉了眼镜，注意力高度集中，我上下左右努力看了一圈，都没见札规的踪影。

他就像是魔术师一样，像是空气一样。

札规谎，完美消失了。

重要的东西不是靠眼睛发现的。

我现在平白地想起昨天被引用的圣埃克苏佩里的话，"重要的东西"可能不是指显而易见的藏牌手法，而是指王牌。他这一次，没有展示他的后手就结束了表演。

那么，其实这件事连预演都没有，他确实没想报复。他根本没想到会输。

那是一次美学和欺诈的比拼，是一次少年心和玩心的对决。

从现在开始，侦探团和前赌场经理的对抗才刚刚开始。

但是，现在连自己的样子都看不清的我，可以见证这样的对抗吗？真是太奇怪了。我不得不说我的洞察能力真是太差了。

后　记

　　"五次中会有一次成功。"并不单指赌博，当你对一项事物有兴趣并开始尝试时，这是比较普遍的成功概率。五次中有一次成功，也就是百分之二十左右的成功概率。这是恰好可以获得成就感的概率，也是不停尝试之人总有一天感到厌倦的概率。我想说的是，对事物的兴趣需要脱离日常的随机性。

　　日常生活需要一些刺激，但每天都有刺激的话也会让人受不了。如果五天之中有一天可以收获新鲜的刺激，那这一天就可以视作庆祝日，这是一个令人愉悦的刺激频率吧？概率这个东西，大多时候是相对固定的，有的人总是祈祷着概率发生翻天覆地的变化，着实是有点异想天开了。不过也因此，完成低概率事件时，人就会格外快乐。人之所以会追求低概率事件的成功，其实并不是单纯追求成功本身。成功率低，也就是意味着这是一件困难程度高的事情，如果做成了，开心就会加倍。有的人，人生顺遂，五次尝试中四次都可以成功，他们算是超级好运之人了吧，但这些人的人生是不是也可以说是超级无聊呢？虽然概率很小，但是，确实有人会希望自己的人生不那么顺遂吧。很多人都会喜欢挑战不可能的事情，他们经历了失败，最终才有立场说果然这样的事情是不可能的。

所以，就有了美少年侦探团系列的第二部。这个系列名是怎么回事啊！从创作时间上来看，第一部《美少年侦探团：只为你而闪亮的黑暗星》完成后不久，我就开始创作这个故事了。我以前很少创作像美少年侦探团的主人公们这样的人物形象，他们是可以团队合作的人，我写作的时候也觉得很新鲜。我就在这种状态下写完了美少年侦探团系列的第二部《欺诈师、空气男和美少年》。

本书封面的插画，是第一部也多蒙关照的黄粉老师画的。她把美食小满和美声长广画得非常漂亮。真是太感谢了。本书是讲谈社 TAIGA 文库的第二部。我正在创作第三部，期待新的故事可以早日和大家见面。

西尾维新

札规谎

N